中國語言文字研究輯刊

十一編

許錟輝 主編

第 **10** 冊

《同源字典》與《漢字語源辭典》比較研究
——以同源詞語音關係爲中心（上）

倪 源 著

花木蘭文化出版社

國家圖書館出版品預行編目資料

《同源字典》與《漢字語源辭典》比較研究——以同源詞語
音關係為中心（上）／倪源 著 — 初版 — 新北市：花木蘭
文化出版社，2016〔民105〕
目 2+144 面；21×29.7 公分
（中國語言文字研究輯刊 十一編；第 10 冊）
ISBN 978-986-404-737-6（精裝）
1. 漢語字典 2. 比較研究
802.08   105013767

ISBN-978-986-404-737-6

9 789864 047376

中國語言文字研究輯刊
十一編　　第 十 冊　　　　　ISBN：978-986-404-737-6

《同源字典》與《漢字語源辭典》比較研究
——以同源詞語音關係為中心（上）

作　　者　倪源
主　　編　許錟輝
總 編 輯　杜潔祥
副總編輯　楊嘉樂
編　　輯　許郁翎、王筑　美術編輯　陳逸婷
出　　版　花木蘭文化出版社
社　　長　高小娟
聯絡地址　235 新北市中和區中安街七二號十三樓
　　　　　電話：02-2923-1455／傳真：02-2923-1452
網　　址　http://www.huamulan.tw 信箱 hml810518@gmail.com
印　　刷　普羅文化出版廣告事業
初　　版　2016 年 9 月
全書字數　241790 字
定　　價　十一編 17 冊（精裝）　台幣 42,000 元

《同源字典》與《漢字語源辭典》比較研究
——以同源詞語音關係爲中心（上）

倪源 著

作者簡介

倪源，1982 年生人，籍貫黑龍江省賓縣，現定居北京。2009 年至 2012 年，首都師範大學文學院漢語言文字學音韻學方向碩士研究生，師從著名音韻學家、中國音韻學研究會理事、首都師範大學文學院漢語言文字學教研室主任、博士生導師馮蒸教授研習音韻學。發表論文《〈王力古漢語字典〉同源字部分指瑕》（《漢字文化》2012 年第 5 期）。

提　要

　　王力先生的《同源字典》共 3329 個漢字，以王力上古二十九韻部爲綱，三十三聲紐爲目，語音關係採用王力語音通轉理論，繫聯成 1026 組同源詞。日本漢學家藤堂明保先生的《漢字語源辭典》在語音上根據藤堂明保上古三十韻部和三十五聲母，語音關係上採用藤堂明保獨創的形態基理論繫聯了 3335 個漢字，共 223 個單語家族。兩部著作分別代表目前國內外專書形式同源詞字典的最高成就。

　　《〈同源字典〉與〈漢字語源辭典〉比較研究——以同源詞語音關係爲中心》一書收錄和比較兩部字典所有同源詞，對兩部字典所有同源詞及其語音關係進行了梳理和精確的數據分析，並以《同源字典》語音關係爲根據，系統梳理和比較闡述兩部字典同源詞的收字、上古音差別和語音關係，更詳細配有擬音、聲母韻部歸屬、在原字典中的整體編號 - 組數 - 頁碼，是對同源詞代表著作材料的系統整理，既總結同源詞既有研究成果，又可以促進上古音相關問題的探討。

目

次

表目錄

緒　論

　　二十世紀初，西方語言學的研究成果應用到漢語語言學研究中，漢語語源學和音韻學研究緊密結合步入了科學的發展軌道，自高本漢始出現了專書形式的同源詞字典，其中，王力先生《同源字典》和日本漢學家藤堂明保先生《漢字語源辭典》分別代表目前國內外專書形式同源詞字典的最高成就。兩位音韻學家分別將各自的上古音研究成果應用到同源詞的語音關係研究中，分別對上古漢語常用單音節詞彙進行了音、義兩方面的考察，以語音關係爲基礎繫聯同源詞，勾勒出成系統的上古漢語同源詞體系。

　　同源詞產生於古漢語時期，這決定了同源詞語音關係研究必須以上古音作爲標準，構擬成熟的上古音系統是研究同源詞的必要條件之一。上古漢語音韻系統研究的複雜性決定了各家構擬均存在一定程度的分歧，目前，上古音的研究尤其是聲母的研究仍存在諸多爭議，很多問題亟待解決，因此各家擬音均有不同，這就決定了各家同源詞繫聯體系從語音關係上導致的差別。

　　理論上，單就同源詞語音關係來講，如果各家上古音構擬相同，以音爲綱繫聯所得的同源詞結果也應該大體取得一致；如果各家構擬存在差異，那麼從語音方面分析同源詞的結果就會存在差別。比較結果無論是同還是異，對上古音研究的發展均有助益。因此，比較各家同源詞繫聯成果的語音關係，既可以總結既有研究成果，又可以促進上古音相關問題的探討，同時也可做到對相關著作同源詞材料的系統整理。我們在比較時還應考慮下面的因素，即語音關係

是同源詞研究的標準之一，不是判定繫聯結果可信與否的唯一根據，不能以此來判斷是非對錯，孰優孰劣。

根據上述理論意義，本書收錄和比較《同源字典》和《漢字語源辭典》全部同源詞，以《同源字典》語音關係爲根據，系統梳理和比較兩部字典同源詞的收字、上古音差別和語音關係。

《同源字典》共 3329 個漢字，以王力上古二十九韻部爲綱，三十三聲紐爲目，語音關係採用王力語音通轉理論，繫聯成 1026 組同源詞。字典體例「每個字條按所列第一字的古音編入相應韻部的相應聲紐之下。條中所列的同源字，全都用音標注出擬構的古音，它們彼此間在聲韻上的關係，另加括號注明。」〔註1〕。3329 個漢字涉及除俟母以外的所有韻部和聲紐，同時涉及王力語音通轉理論的所有語音關係。裘錫圭先生《談談〈同源字典〉》援引劉又辛、李茂康《漢語詞族（字族）研究的沿革》一文的相關評價，「這部書在詞族研究的理論和方法上批判地繼承了前人的成果，對許多有關的問題，如同源詞確定的原則問題、音轉問題等，有許多精闢的見解；有利於把這項研究從玄學的迷途中解放出來而走向科學的道路。」〔註2〕

現將 3329 個漢字在各聲韻中出現的情況統計表列於下：

表1 《同源字典》各聲韻漢字數量統計表

聲/韻	之東	支微	魚脂	侯歌	宵物	幽質	職月	錫文	鐸真	屋元	沃緝	覺盍	蒸侵	耕談	陽總計
影	1	3	16	7	6	8	8	10	2	3		2	1	5	4
	11	4		7	10	14	14	14	3	33	1	6	7	7	207
見	4	5	36	18	17	7	12	5	12	8	4	10		9	17
	9	6	7	11	6	4	19	7	4	35	4	3	2	8	289
溪	7	3	10	3	6	1	2		7	1	3			5	5
	5	3	4	6			11	5		11	1	5	5	6	118
群	9	3	3	2	3	10	1	1		2				1	6
		2		1	5	2	4	9		12			5	3	84

〔註1〕裘錫圭《古代文史研究新探》，183 頁，江蘇古籍出版社，1992。

〔註2〕裘錫圭《古代文史研究新探》，179 頁，江蘇古籍出版社，1992。

疑	7	9	26	6	7	1			6		2				4
		3		7	1		9	4		12				5	109
曉	13		16	4	1	5	1		3	1		2	1	1	10
	2	14		3	8		2	10	1	18	5	5			126
匣	3	5	18	1	5	5	2	3	3		3	2	4	7	17
	5	15	5	4	5	1	10	17	6	25	4	9	8	13	205
端		2	1	3	5	3	1	2	2	9	4	6	7	5	13
	2	5	12	5	1	3	8	5	5	12		2	12	5	140
透	1		4	2	6	2	5	4	3	1	8	1		4	3
	3		3	3	2	2	5	2	4	6		1	7	6	88
定	7	5	7	10	12	13	9	4	4	14	2	1	2	11	16
	9	2	6	7	2	6	4	13	11	16	1	6	5		205
泥	6		4	2		3	3				1	1		1	
			3	2	1	2	1	1	1	7	3	4	9		55
來	8	1	19	3	12	5	2	3	6	5		1	3	14	13
	2	10	7	13	1	5	15	1	2	9	2		4	8	174
照	6	3	2	3	5	7	2	1	5	4	6	2	3	4	5
	4		3	2		6	3	8	4	6	4	3	4		105
穿			1	3		2			1			2			3
	2			8	1		2	2	2	1			1		31
神			1			2							1		
		1	1	2	1		6	1							16
日	7	1	6	2		7			3	2	2	1	2		9
		4	3	4		1	1	1	2	8	2		7	4	79
喻	2		16	8	9	1	2	4	5	3	7	2	2	2	6
	3		3	2	3	7	8		3	3			1	4	106
審		1	5		1	4			2		1	1	3		5
	2		4	1			4	2	5	7	1		1	1	51
禪	1	4	3	5	1	3	2	1	4	1		2			5
	1		1	2				7		7	3		3		56
莊	4		2	2		2	4	4	3					5	3
			1		1		1		3		1		1	1	38
初							1	3	2	1					4
	2			10			3			1		4	2		33
床	4	2			2	1				1					
									1	3			2	3	18
山	2	2	3		3	1	1		1	1		3		6	
				1	2	1	3		6	2	2		3	2	45

俟															
精	11	4	4	1	6	2		1	2		1	2	2	3	4
	7		3	3	2	2	2	4	1	7	1	2	5	6	88
清		1	1	4	4	2		4	5	4				4	4
	3		3	6		2	1	3	2	3			11		68
從	11		4	2	5	3			2	1	1	3	2	7	5
	5	4	7	5	5	1	2	1	2	10	8	1		4	101
心		3	11	5	9	11	6	1	1	3		2		6	4
	4		2	1	2	9	6	5		8	1		2	3	105
邪	5		6						3						5
	1			7			4	4	6	3			3		47
幫	2	2	8	5	5	9	7	6	8		1	1	1	3	4
	5	3	4	6			2	8	5	6			1		109
滂	2	2	12	3	16	4	3	2		3		2		3	
	4	5	3	6		1	2	3	3	8			3		90
並	8	4	6	4	2	5	11	1	5		3	4	5	9	6
	5	1	2	3			11	6	7	18			5		131
明	9	4	13		13	12	4	6	6			1	3	4	19
	12	5	10	8	10	4	11	15	6	32					207
總計	140	69	264	108	161	139	91	66	106	68	49	54	42	119	199
	108	86	96	136	84	80	164	163	93	332	48	52	122	85	3324

（有 5 個同源詞是兩字合音，此表數字不包括。）

　　《漢字語源辭典》是日本漢學家藤堂明保根據學位論文《上古漢語的單詞家族的研究》追加訂正後出版的同源詞字典，自 1965 年出版以來至 1982 年已印行至第三十五版，很受歡迎，反響很大。該部字典在語音上根據藤堂明保上古三十韻部和三十五聲母，語音關係上採用藤堂明保獨創的形態基理論繫聯了 3335 個漢字，共 223 個單語家族。辭典的本編將三十韻部分為十一類韻部，即之蒸部、幽中部、宵部、侯東部、魚陽部、支耕部、歌祭月元部、微隊物文部、脂至質眞部、侵緝部、談葉部，每組同源詞又按聲母 t, n, l, ts, k, p, m 的順序排列，統攝 3335 個漢字。

　　現將 3335 個漢字在各聲韻中出現的情況統計表列於下：

表 2　《漢字語源辭典》各聲韻漢字數量統計表

聲/韻	之	職	蒸	幽	沃	中	宵	藥	侯	屋	東	魚	鐸	陽	支	錫	耕
	微	隊	物	文	歌	祭	月	元	脂	至	質	真	緝	侵	葉	談	總計
端	7	8	8	17	8	6	8	4	8	5	7	12	6	10	10	2	13
	5		2	7	6	2	1	22	11	3	4	7	3	6	3	8	229
透	13	9	4	13	4	4	6	1		1	3	12	8	12	2	1	5
	1	1	4	3	7	5	5	6	1		2	9	2	4	7	7	162
定	16	6	12	23	10	1	7	4	10	6	9	15	10	14	18	2	14
	7		4	11	12	3	2	20	8	1	4	10	6	10	8	9	292
泥	6	2	2	10	2	5	7	4	6	2	3	10	4	6			1
							1	7	4	3	5	3	2	9	4	6	114
知										2							
																	2
徹																	
澄	12	7	1	17	1	5	1	1		1	4	8	6	4	1	2	
	4			3	3	3	2	7	3		2	4	2	3	2	1	110
娘									1					3			
									1								5
章																	
昌																	
船																	
書																	
禪																	
日																	
喻四																	
精	16	5	3	13	1		5	3	4	3	3	8	3	12		5	10
		1	1	5	6			10	14		3	6	1	3	3	4	151
清	4	2		7	2		3		6	1		6	2	1	2	5	3
		3		5	5	2	2	4	5		4	3	3	7	5	3	95
從	13		3	7	1		1	3	1	1	3	5	4	6	1		9
			2	4			11	12		1	2	4	2			4	100

心	12	9	1	16	6	1	14	1	1	2	3	9	3	7	3	1	9
	4	1	2	6	4	1	4	13	4		3	8	1	8		4	161
莊		1															
																1	2
初																	
崇																	
生																	
																1	1
來	8	4	5	16	2		13	3			3	3	10	4	5		13
	9		1	5		7	8	13	1		3	4	6	3	1		150
見	21	7	5	12	6	2	21	3	8	5	13	28	10	21	13	2	12
	16	1	2	10	14	9	17	31	2		3	3	6	7	7	9	326
溪	5	2		6	1		3	1	7	4	4	12	8	7	6		5
	5	1	4	5	5	4	3	7	2		1	2	1	3	2	6	122
群	9	1		8		1	4	3		2	3	9	1	7	4		3
	5	1	1	11	2		6	7	2		5	1	3	.		13	112
曉	5	1	1	6	1		4	1			3	2	1	7	1		
	6		2	5	5	1	2	14				2		3	1		74
匣	20	3	5	4		3	8	7	9	2	9	22	2	18	5	1	10
	18		2	15	13	4	9	29		1	1	4	2	5	14	13	258
影	6	3		10	2		4	1	2			12	2	13	3	3	5
	10		3	14	8	1	5	11			3		3	12	2	11	149
疑	4		1				8	4	3	4		17	6	6	3		
		1		3	20	5	9	20					2	1	2		119
幫	9	6	3	11	4		3		2	1	2	11	4	8	9	5	4
	6	1	1	5	5	8	6	15	5	1	4	2		2	1		146
滂	5	2		5	3		6		2	4	7	3	8		1	3	2
	3		2	6	3	2	2	10			1					2	86
並	11	7	6	6	2		2		1	1	7	7	5	12	6	2	6
	3	1	2	6	3	2	8	17	1	1	1	4		3	1	6	140
明	23	5	4	16	2	4	14	2		3		17	5	19	2	4	5
	11	6	5	22		1	7	17	2		2	3					201
總計	225	90	64	223	58	32	142	46	71	48	83	233	96	207	94	43	129
	113	18	38	149	125	60	99	291	78	12	44	78	43	95	66	114	3307

（辭典上有28個未確定韻部，這28個中又有11個未確定聲母。）

　　兩部字典在同源詞總數量上基本一致，選字完全相同的同源詞有 1889
個，占總數的一半以上，涉及絕大部分漢語基本詞彙，同時，由於上古音系
統、語音理論等方面的差異，使得兩部字典在選字時存在一定程度的不同。
基於對兩部字典所有同源詞及其語音關係的梳理和精確的數據分析，本書將
對兩部字典的上述同異問題進行比較研究。

第一章　繫聯同源詞依據的上古音系統

1.1　《同源字典》上古音系統

　　《同源字典》繫聯同源詞依據的是王力先生上古音系統。該系統根據韻尾差別將古韻分爲三大類，各類以陰陽入相配，共二十九韻部。根據發音部位不同將古聲母分爲喉、牙、舌、齒、唇，舌音分舌頭和舌上，齒音分正齒和齒頭，共計五大類、七小類，三十三聲紐。現照錄《同源字論》韻表、紐表如下（其中紐表直接標注原表方括號內的國際音標）：

表 3　《同源字典》韻表

甲類	之	ə	支	e	魚	a	侯	o	宵	ô	幽	u
	職	ək	錫	ek	鐸	ak	屋	ok	沃	ôk	覺	uk
	蒸	əng	耕	eng	陽	ang	東	ong				
乙類	微	əi	脂	ei	歌	ai						
	物	ət	質	et	月	at						
	文	ən	眞	en	元	an						
丙類	緝	əp			盍	ap						
	侵	əm			談	am						

表4　《同源字典》紐表

喉		影○						
牙		見 k	溪 k'	群 g	疑 ŋ		曉 x	匣 ɣ
舌	舌頭	端 t	透 t'	定 d	泥 n	來 l		
	舌面	照 tɕ	穿 tɕ'	神 dʑ	日 ȵ	喻 ʎ	審 ç	禪 ʑ
齒	正齒	莊 tʃ	初 tʃ'	床 dʒ			山 ʃ	俟 ʒ
	齒頭	精 ts	清 ts'	從 dz			心 s	邪 z
唇		幫 p	滂 p'	並 b	明 m			

1.2　《漢字語源辭典》上古音系統

　　《漢字語源辭典》繫聯同源詞依據藤堂明保上古音系統。該系統韻部構擬與王力先生構擬差異不大，同樣根據韻尾差別分為三大類，各類再以陰陽入相配，共三十韻部。但聲母構擬差別顯著，藤堂明保根據陸志韋先生《〈說文〉〈廣韻〉中間聲類轉變的大勢》一文的結論將聲母分為四大類，即第一類：唇音，p 型－附：m 型；第二類：牙音和喉音，k 型－附：ŋ 型；第三類舌音和正齒音，t 型－附：n 型、l 型；第四類：齒音和齒上音 ts 型，共計三十五聲紐。

　　現參考《同源字論》韻表、紐表形式，做《漢字語源辭典》韻表、紐表如下（藤堂明保原音標改為目前通行的國際音標，以便行文）：

表5　《漢字語源辭典》韻表

第一類	之 əg	幽 og	宵 ɔg	侯 ug	魚 ag	支 eg
	之職 ək	幽沃 ok	宵藥 ɔk	侯屋 uk	魚鐸 ak	支錫 ek
	蒸 əŋ	中 oŋ		東 uŋ	陽 aŋ	耕 eŋ
第二類	微 ər				歌 ar	脂 er
	隊物 əd ət				祭月 ad at	至質 ed et
	文 ən				元 an	眞 en

第三類	緝	əp			葉	ap	
	侵	əm			談	am	

表6　《漢字語源辭典》紐表

第一類 唇音 p型－附：m型	幫 p	滂 p'	並 b	明 m			
第二類 牙音和喉音 k型－附：ŋ型	影 ʔ					曉 h	匣 ɦ
	見 k	溪 k'	群 g	疑 ŋ			
第三類 舌音和正齒音 t型－附：n型l型	端 t	透 t'	定 d	泥 n	來 l		
	知 ṭ	徹 ṭ'	澄 ḍ	娘 ṇ	日 ɳ		
	章 tʃ	昌 tʃ'	船 dʒ		喻四 j	書 ʃ	禪 ʒ
第四類 齒音和齒上音 ts型	莊 tʂ	初 tʂ'	崇 dʐ			生 ʂ	
	精 ts	清 ts'	從 dz			心 s	

1.3　兩家韻部比較

兩套上古音系統韻部差異不大，這與目前上古音韻部研究成果顯著有關。現比較二者韻部表列於下（同格中上爲王力韻部，下爲藤堂明保韻部）：

表7　兩部字典上古韻部比較表

		之 之	ə əg	支 支	e eg	魚 魚	a ag	侯 幽	o og	宵 宵	ô ɔg	幽 侯	u ug
甲類	陰	之 之	ə əg	支 支	e eg	魚 魚	a ag	侯 幽	o og	宵 宵	ô ɔg	幽 侯	u ug
	入	職 之職	ək ək	錫 支錫	ek ek	鐸 魚鐸	ak ak	屋 幽沃	ok ok	沃 宵藥	ôk ɔk	覺 侯屋	uk uk
	陽	蒸 蒸	əng əŋ	耕 耕	eng eŋ	陽 陽	ang aŋ	東 中	ong oŋ			東	uŋ
乙類	陰	微 微	əi ər	脂 脂	ei er	歌 歌	ai ar						

入	物	ət	質	et	月	at			
	隊物	əd ət	至質	ed et	祭月	ad at			
陽	文	ən	真	en	元	an			
	文	ən	真	en	元	an			
丙類	入	緝	əp			盍	ap		
		緝	əp			葉	ap		
	陽	侵	əm			談	am		
		侵	əm			談	am		

1.3.1 兩家相同

1.3.1.1 按韻尾發音部位將韻部分為三大類，每類陰陽入三分

陰聲指元音收尾的韻部，陽聲指鼻音收尾的韻部，入聲是塞音收尾的韻部。這一分類方法始於清代音韻學家戴震和孔廣森，他們把古韻分為陰陽入三類，並創立陰陽對轉之說。經錢玄同《古韻二十八部音讀之假定》（1934）發展，王力先生繼承並形成成熟的韻部系統。同時把戴震和孔廣森的音轉發展成成系統的音轉理論，應用在同源字研究中。

關於韻部分部，王力先生在《上古漢語入聲和陰聲分野及其收音》一文中進行了全面的論述，一方面，他通過對-k 為韻的考證肯定了上古入聲的存在並同意錢玄同給入聲的擬音-p、-t、-k，「採取了戴震和黃侃的學說的合理部分，定為十一類二十九部，比黃侃多了一個微部和一個覺部，少了一個多部（併入於侵）。這樣，入聲韻的職覺藥屋鐸錫收音於-k，和開口音節的陰聲韻並行不悖，各得其所，而分化條件也非常明顯了。」〔註1〕另一方面，在陰聲韻和入聲韻的分野問題上，他認為「中國傳統音韻學對待陰聲和入聲的關係有兩種不同的看法：在考古派看來，陰聲和入聲的分野並不十分清楚，特別是對於之幽宵侯魚支六部，入聲只當做一種聲調看待，不作為帶有-k尾看待，因此，在他們的眼光中，這六部都是陰聲，其中的入聲字只是讀得比較短一點，並不構成閉口音節；在審音派看來，陰聲和入聲的分野特別清楚，因為在他們眼光中，陰聲是開口音節，入聲是閉口音節。二十年前我傾向於考古

〔註 1〕 王力《上古漢語入聲和陰聲分野及其收音》，《王力文集》（第十七卷），201 頁，山東教育出版社，1990。

派，目前我傾向於審音派。」〔註2〕以此爲根據王力先生構擬了自己的上古音十一類二十九韻部系統。

藤堂明保的韻部構擬受高本漢影響至深，雖承認陰陽入三分，但幾乎取消所有開口音節，這無異於將陰聲韻認爲是入聲韻的附屬。但他仍堅持分爲三類，這與王力先生的基本意見是一致的。

1.3.1.2　脂微分部

王力《上古韻母系統研究》中提出脂微分部的主張，他主張把清人江有誥的「脂部」再分析爲「脂」與「微」，他說：「因受了《文始》與《南北朝詩人用韻考》的啓示，我就試把脂微分部。先是把章氏歸隊而黃氏歸脂的字，如『追歸推誰雷衰隤虺』等，都認爲當另立一部，然後仔細考慮，更從《詩經》《楚辭》裏探討，定下了脂微分部的標準。」〔註3〕「（甲）《廣韻》的齊韻字屬江有誥的脂部者，今仍認爲脂部；（乙）《廣韻》的微灰咍三韻字，屬於江有誥的脂部者，今改稱微部；（丙）《廣韻》的脂皆兩韻是上古脂微兩部雜居之地，脂皆的開口呼在上古屬脂部，脂皆的合口呼在上古屬微部。」〔註4〕根據上述三條標準，通過對《詩經》的比對，一百一十個例子，有八十四個脂微分用，約占四分之三，可見脂微當分部。

後董同龢《上古音韻表稿》（1948）用諧聲字材料對此說進行驗證，通過五條結果確認並發揚了此說：「（1）齊韻字可以說是不跟微灰咍三韻的字發生什麼關係；（2）跟齊韻字關係最密的莫過於脂韻開口字；（3）如脂開口字，皆韻的開口音是有專諧齊而不諧微灰咍的；（4）大多數的脂韻合口字只諧微灰咍而不諧齊，可是另外有一些則專諧齊而不諧微灰咍；（5）皆合口只諧微灰咍以及跟微灰咍有關的脂韻字。」〔註5〕另有曾運乾《古本音齊韻當分二部說》（1940）和日本音韻學家大矢透《周代古音考》（1914）與此說不謀而合。

〔註2〕王力《上古漢語入聲和陰聲分野及其收音》，《王力文集》（第十七卷），211頁，山東教育出版社，1990。

〔註3〕王力《上古韻母系統研究》，《王力文集》（第十七卷），182頁，山東教育出版社，1990。

〔註4〕王力《上古韻母系統研究》，《王力文集》（第十七卷），183頁，山東教育出版社，1990。

〔註5〕董同龢《上古音韻表稿》，68-70頁，中央研究院歷史語言研究所出版，1948。

藤堂明保認爲高本漢的體系並無與微部相對應的韻部,脂微相混,實屬不妥。他贊同王力脂微分部說,「微部是在進入民國以後,經由王力氏的分析才獨立的類別(《上古韻母系統研究》,《清華學報》卷 12)。據此,與陽類文部——眞部——元部三分相應,陰類也成爲微部——脂部——歌部三分,上古韻部被整理成整齊的體系。)」〔註6〕

1.3.1.3 魚部字擬爲-a

汪榮寶《歌戈魚虞模古讀考》(1923)通過譯音對勘確定魚部元音爲-a,他得出結論「唐宋以上,凡歌戈韻之字皆讀 a 音,不讀 o 音;魏晉以上,凡魚虞模韻之字亦皆讀 a 音,不讀 u 音或 ü 音也。」〔註7〕鄭張尚芳先生在《上古音系》中評價此材料爲「此文以可以復按的材料爲擬測古音開闢了道路,確定了中古歌、麻韻在 a 音,而上古魚部(含魚、模韻及部分虞、麻韻)在 a 音的重要定位,糾正了陳第等『家讀姑、馬讀姥、夸讀枯、者讀諸』及顧炎武等『古無麻韻』、『麻韻 a 音來自西域』的誤解。」〔註8〕

王力擬音魚部爲 a。高本漢則認爲魚部當讀 o,以與歌戈分別。鄭張尚芳先生認爲高本漢的擬音「是高氏上古擬音系統重要失誤之一,所反映的其實是上古晚期變化趨向。」〔註9〕董同龢《上古音韻表稿》分析了高本漢的失誤之處,認爲他爲了避免與歌部字的擬音衝突也是爲了建立他的韻尾學說,將魚部字擬爲 o,導致一錯再錯,使魚部系統「破碎不堪」〔註10〕。

藤堂明保同意董同龢的觀點,「認爲魚部的一半是無尾韻這種想法是全然沒有根據的。這詳細情況,董同龢氏的《上古音韻表稿》(《史語所集刊》卷18)作了毫無遺漏的論述。還有,高本漢氏推定魚部的一部分母音爲 o 型,這也是沒有意義的。」〔註11〕

〔註 6〕 〔日〕藤堂明保,王繼如譯《漢字語源研究中的音韻問題》,《古漢語研究》1994年第 2 期,8 頁。

〔註 7〕 鄭張尚芳《上古音系》,14 頁,上海教育出版社,2003。

〔註 8〕 鄭張尚芳《上古音系》,14 頁,上海教育出版社,2003。

〔註 9〕 鄭張尚芳《上古音系》,15 頁,上海教育出版社,2003。

〔註10〕 董同龢《上古音韻表稿》,90 頁,中央研究院歷史語言研究所出版,1948。

〔註11〕 〔日〕藤堂明保,王繼如譯《漢字語源研究中的音韻問題》,《古漢語研究》1994年第 2 期,8 頁。

1.3.2　兩家相異

1.3.2.1　藤堂明保有冬部擬音 uŋ，王力冬侵合併

清代嚴可均《說文聲類・下篇》認爲冬侵應合併，「《廣韻》平聲侵覃咸銜凡冬，上聲寢感範，去聲沁勘陷梵宋，古音合爲一類，與幽類對轉。」〔註 12〕章氏晚年亦主張冬侵合併。王力先生《上古韻母系統研究》一文贊同此說「章太炎晚年以冬部併入侵部，我覺得很有理由。今認冬部爲侵部的合口呼。侵部雖係閉口韻，並不一定不能有合口呼。假設侵部的上古音是-əm，-iəm，那麼，冬部就是-uəm，iwəm。後來冬部起了異化作用（dissimilation），洪音變入冬江韻，細音變入東韻，仍舊保存它的合口呼。」〔註 13〕

藤堂明保不持此說，認爲冬部單立，擬爲 uŋ。

1.3.2.2　韻部名稱相同，擬音不同

表 8　兩家擬音相同而韻部命名不同之韻部列表

擬音	王力韻部名	藤堂韻部名	擬音	王力韻部名	藤堂韻部名
o/og	侯	幽	ek	錫	支錫
u/ug	幽	侯	ak	鐸	魚鐸
oŋ	東	中	ok	屋	幽沃
ap	盍	葉	ɔk	沃	宵藥
ək	職	之職	uk	覺	侯屋

1.3.2.3　藤堂明保陰聲韻帶輔音韻尾-g、-r

藤堂明保陰聲九韻之 əg，支 eg，魚 ag，幽 og，宵 ɔg，侯 ug，微 ər，脂 er，歌 ar 擬音帶輔音韻尾，不同於王力陰聲韻擬音。他同意高本漢對陰聲韻尾的擬測，「它們在上古，如高本漢氏所說，確實帶有某種韻尾，可推斷爲伴有-g-r-d 等韻尾。」〔註 14〕此係承襲高本漢陰聲韻帶濁音韻尾的觀點，高本漢根據諧聲和《詩經》押韻中陰、入聲韻相通的情況，爲陰聲韻構擬了濁音[-g]、

〔註 12〕張斌等《中國古代語言學資料彙纂・音韻分冊》，177 頁，福建人民出版社，1993。

〔註 13〕王力《上古韻母系統研究》，《王力文集》（第十七卷），192 頁，山東教育出版社，1990。

〔註 14〕〔日〕藤堂明保，王繼如譯《漢字語源研究中的音韻問題》，《古漢語研究》1994年第 2 期，8 頁。

[-d]、[-r]韻尾。李方桂、陸志韋、董同龢也有相同觀點並有新的論據與論證支持此觀點。

而王力、陳新雄、龍宇純、鄭張尚芳認為陰聲韻部應為開音，而不應是閉口音，與上述學者形成了兩派觀點。王力《上古漢語入聲和陰聲的分野及收音》明確指出「加上了韻尾-g-r-d 就不能再認為是陰聲韻，因為中國傳統音韻學一向認為只有開口音節才算是陰聲。」〔註15〕「帶有-r 尾的韻母的性質在陽聲韻和入聲韻之間，r 和 m,n 都是所謂響音，在這點上 r 尾的韻母近似陽聲韻。至於以-g-r-d 收尾的韻母當然應該認為入聲韻之一種。」〔註16〕破壞了陰陽入三分和「平上為一類，去入為一類」〔註17〕的傳統學說。鄭張尚芳《上古韻母系統和四等、介音、聲調的發源問題》（1987）「漢藏語言中也沒見有清濁兩套塞音尾對立的，而要有都只有一套：如果是清的就沒有濁的，如果是濁的，像古藏文，現代泰語一些方言，就沒有清的。」〔註18〕同時認為歌部帶-r，沒有漢藏語旁證。

1.3.2.4　藤堂乙類隊祭至帶-d 尾

高本漢在《中國音韻學研究》中假設了-d 尾的存在，並通過現代漢語方言和域外對音進行證明。俞敏《後漢三國梵漢對音譜》（1984）發現梵漢對音資料對高本漢的假設有確鑿的論證作用。鄭張尚芳《上古音構擬小議》（1984）《上古韻母系統和四等、介音、聲調的發源問題》（1987）《上古入聲韻尾的清濁問題》（1990）通過對漢藏比較、現代漢語方言、日本古藉詞和梵漢對應四個方面的研究也證明了俞敏的說法。

藤堂明保在韻部劃分上支持此說，擬有隊 əd 至 ed 祭 ad 與物質月相配，認為「隊物部、祭月部、至質部，在中古主要以入聲出現，但其中如『隊、

〔註15〕王力《上古漢語入聲和陰聲分野及其收音》，《王力文集》（第十七卷），215 頁，山東教育出版社，1990。

〔註16〕王力《上古漢語入聲和陰聲分野及其收音》，《王力文集》（第十七卷），215 頁，山東教育出版社，1990。

〔註17〕王力《上古漢語入聲和陰聲分野及其收音》，《王力文集》（第十七卷），230 頁，山東教育出版社，1990。

〔註18〕鄭張尚芳《上古韻母系統和四等、介音、聲調的發源問題》，《溫州師院學報》1987年第 4 期，84 頁。

祭、至』一部分以去聲出現。然而這種去聲，在三國時代還作爲與入聲相同的類別來押韻，所以特別推定它們的韻尾爲-d。」〔註19〕

1.4　兩家聲母比較

兩套上古音系統聲母差異很大，涉及多個上古聲母研究的主要問題。現比較兩家聲母表列於下（同格中上爲王力聲母，下爲藤堂明保聲母）：

表 9　兩部字典上古聲母比較表

發音方法＼發音部位	塞音 清 不	塞音 清 送	塞音 濁 不	塞擦音 清 不	塞擦音 清 送	塞擦音 濁 不	鼻音 濁	邊音 濁	擦音 清	擦音 濁
唇音	幫 p / 幫 p	滂 p' / 滂 p'	並 b / 並 b				明 m / 明 m			
舌尖前				精 ts / 精 ts	清 ts / 清 ts'	從 dz / 從 dz			心 s / 心 s	邪 z
舌尖中	端 t / 端 t	透 t' / 透 t'	定 d / 定 d				泥 n / 泥 n	來 l / 來 l		
舌尖後	知 ʈ	徹 ʈ'	澄 ɖ	莊 tʂ	初 tʂ'	崇 dʐ	娘 ɳ		生 ʂ	
舌葉				莊 tʃ / 章 tʃ	初 tʃ' / 昌 tʃ'	床 dʒ / 船 dʒ			山 ʃ / 書 ʃ	俟 ʒ / 禪 ʒ
舌面前				照 tɕ	穿 tɕ'	神 dʑ	日 ɲ / 日 ɲ		審 ɕ	禪 ʑ
舌面中								喻 ɣ		喻四 j
舌根	見 k / 見 k	溪 k' / 溪 k'	群 g / 群 g				疑 ŋ / 疑 ŋ		曉 x	匣 ɣ
喉音	影 ○ / 影 ʔ								曉 h	匣 ɦ

〔註19〕〔日〕藤堂明保，王繼如譯《漢字語源研究中的音韻問題》，《古漢語研究》1994 年第 2 期，8 頁。

1.4.1　兩家相同

　　兩家相同的擬音有：唇音幫滂並明，舌尖中音端透定泥來，舌尖前音精清從心，舌葉音塞擦音和擦音一組，舌面前音日母，舌根音見溪群疑。這些聲母唇音、舌尖中音和舌根音是一種語音聲母的基本構成要素，因此相對穩定，在上古音聲母構擬中一般不構成爭議。只是舌葉音一組兩家不謀而合。除此之外，兩家亦秉承了古無輕唇音和古無舌上音的原則。兩說均由清代錢大昕提出，舉古讀、異文爲證，雖論證方法存在缺陷，但結論正確，新派音韻學家通過梵漢對音、現代漢語方言、漢藏語比較等方法證明了兩說的正確。

　　另關於日母擬音兩家取得了一致意見，近人章太炎根據諧聲通假等材料提出古音娘日二紐歸泥說，認爲除娘母外，日母也應歸於泥母，其實日母情況與娘母不同，董同龢《上古音韻表稿》（1948）認爲章太炎結論「只有一半可信」〔註20〕，因爲日母除有泥母來源外，還有疑母和明母兩個來源，李方桂和鄭張尙芳均有例證支持董同龢觀點。高本漢也認爲日母應爲獨立聲母，藤堂明保沿用此說。王力認爲「正如照係三等的上古音不能簡單地看成 t, t', d' 一樣，日母的上古音也不能簡單地看成 n，只能認爲是和 n 相近的音，那就只有ȵ。ȵ是舌面鼻音，它是和ȶ, ȶ', ȡ'的發音部位相同的，ȶ, ȶ', d'，ȵ正好和 t, t', d'，n 相配。」〔註21〕

1.4.2　兩家相異

1.4.2.1　藤堂明保無邪母

　　邪母在上古與喻四的關係如何界定一直是一個問題。李方桂和梅祖麟都認爲邪母上古來自喻四加 j，理由是邪母與喻四密切，邪母總出現在三等，而其它精組字都有一三四等。藤堂明保沒有擬邪母，但擬有喻四，他認爲喻四與邪母可合。王力擬有喻母和邪母，認爲二者應分。

1.4.2.2　兩家舌音和齒音差別較大

〔註20〕董同龢《上古音韻表稿》，18 頁，中央研究院歷史語言研究所出版，1948。

〔註21〕王力《漢語史稿》，75 頁，中華書局，1980。

表 10　兩家舌齒音同異表

	舌　音	齒　音
王力	端透定泥來（舌尖中） 照穿神日喻審禪（舌面前）	莊初床山俟（舌葉） 精清從心邪（舌尖前）
藤堂明保	端透定泥來（舌尖中） 知徹澄娘日喻四（舌尖後）	章昌船書禪（舌葉） 精清從心（舌尖前） 莊初崇生（舌尖後）

關於舌音，舌尖中音端透定泥來五個聲母無區別。但第二套舌音王力先生擬爲舌面前音照穿神日喻審禪一組，他認爲錢大昕照穿床等母字在上古也多爲舌音是正確的，在《漢語史稿》中，他說「但是這些只限於照系三等字。在上古語音系統裏，照系三等接近端透定，二等接近精清從，形成舌音和齒音兩大系統。」〔註22〕「我們只能肯定照系三等的聲母和 t, t‘, d‘ 相近，不能認爲它們就是 t, t‘, d‘。」〔註23〕「假定照系三等在上古是 t, t‘, d‘，那就和中古屬知系的字合爲一體，後來的分化就無法解釋了。所以必須承認它們是和 t, t‘, d‘ 相近而不相同的音，那就只有 ţ, ţ‘, ḑ‘。」〔註24〕藤堂明保第二套舌音擬爲舌尖後音知徹澄娘日喻四一組，不認爲有舌面前音，而有知組的存在。

關於齒音，舌葉音王力認爲是莊初床山俟一組，藤堂明保認爲是章昌船書禪一組，並另擬舌尖後莊初崇生一組塞擦音和擦音，與舌音同位置相配。王力認爲章組在上古不能獨立，他認爲章組和中古知組三等字有衝突。而莊組應是獨立，不同意精莊合一，認爲精組三等字跟莊組三等字（假二等）之間有衝突。藤堂明保擬音認爲上古章組，莊組均獨立，並仍有知組，即照系應有三個來源，這與李方桂用介音解決照三歸端說、照二歸精說的結論有相和之處。

1.4.2.3　喻母擬音不同

王力擬爲舌面中邊音喻母 ʎ，藤堂擬爲舌面中濁擦音，定爲喻四 j，發音部位相同而發音方法不同。但王力在《古音說略》中明確表示「爲了愼重起見，我在同源字典中沒有採用 ʎ，而是寫作 j。這個 j 代表一個未能確定的音素，不

〔註22〕王力《漢語史稿》，74 頁，中華書局，1980。

〔註23〕王力《漢語史稿》，74 頁，中華書局，1980。

〔註24〕王力《漢語史稿》，74 頁，中華書局，1980。

是半元音的 j。」〔註25〕

　　喻母音值的擬定一直是爭論的焦點，關於喻母三等字，近人曾運乾（1927a;b）根據異文和古讀材料提出喻三歸匣說，即匣雲兩母合一，讀 ɣ。羅常培《經典釋文和原本玉篇反切中的匣於兩紐》（1939）也認爲應併入匣母。後來審音派根據諧聲分析認爲古音匣母應二分，一部分和群母相同，爲-g，一部分和雲母相同，爲-ɣ。梵漢對音、現代漢語方言等材料亦可證明此觀點。王力、藤堂明保同意此觀點，沒有喻三擬音。

　　關於喻母四等字，曾運乾有喻四歸定說，王力、李方桂、包擬古、梅祖麟、鄭張尙芳均認爲此說不妥。王力《古音說略》說「我初步認爲它是個 ʎ，因爲喻四實際上是三等字，應該與照系三等同類照系三等的上古音是 ȶ，ȶʻ，ȡ，ȵ，ɕ，ʑ，那麼，喻四的上古音應該是與ȵ同發音部位的 ʎ（這裏借用國際音標與 ȵ 同發音部位的 ʎ）。」〔註26〕《漢語語音的系統性及其發展的規律性》也說「現在我把上古喻母擬測爲[ʎ]，這是舌面邊音。[ʎ]從上到下，匣母的[ɣ]從右到左，正好匯合爲中古喻母的[j]。」〔註27〕

1.4.2.4　曉母和匣母擬音歸類不同

　　王力擬爲舌根擦音，與見溪群疑同爲舌根音，藤堂明保擬爲喉擦音，與影母同爲喉音。關於曉匣兩母的歸屬，高本漢、錢玄同認爲匣母上古同於群母，李新魁根據諧聲閩南方言等證明此說。王力先生《漢語語音的系統性及其發展的規律性》認爲曉匣應爲舌根音，但同時他也說「至於古所謂喉音，指的是曉匣影喻四母，既然喉牙分立，曉匣應該是[h，ɦ]，而不應該是[x，ɣ]。但認爲[x，ɣ]也有理由，因爲曉匣和見溪群疑的關係在上古確是密切的。」〔註28〕可見與藤堂明保的擬音並不相斥。

〔註25〕王力《同源字典》，71 頁，商務印書館，1982。

〔註26〕王力《同源字典》，70 頁，商務印書館，1982。

〔註27〕王力《漢語語音的系統性及其發展的規律性》，《王力文集》（第十七卷），65 頁，山東教育出版社，1990。

〔註28〕王力《漢語語音的系統性及其發展的規律性》，《王力文集》（第十七卷），65 頁，山東教育出版社，1990。

第二章　繫聯同源詞的語音理論與方法

2.1　王力古音通轉說

　　同源詞在語音關係上必須音同或音近，這是王力先生研究同源詞堅持的兩大基本原則之一，是同源詞繫聯的根本前提。王力先生所有涉及同源詞的論著均開宗明義闡述這一原則。《同源字論》定義同源詞爲「凡音義皆近，音近義同，或義近音同的字，叫做同源字。」〔註1〕進一步論述爲「值得反覆強調的是，同源字必須是同音或音近的字。這就是說，必須韻部、聲母都相同或相近。如果只有韻部相同，而聲母相差很遠，如『共 giong』、『同 dong』；或者只有聲母相同，而韻部相差很遠，如『當 tang』、『對 tuət』，我們就只能認爲是同義詞，不能認爲是同源字。至於憑今音來定雙聲疊韻，因而定出同源字，例如『偃』『嬴』爲同源，不知『偃』字古屬喉音影母，『嬴』字古屬舌音喻母，聲母相差很遠；『偃』字古屬元部，『嬴』字古屬耕部，韻部也距離很遠，那就更錯誤了。」〔註2〕

　　爲此，王力先生根據自己的上古音構擬體系建立了應用於並僅限於同源詞研究的古音通轉說，在《同源字論》和《〈同源字典〉凡例》中做了系統闡釋。

〔註1〕王力《同源字典》，3 頁，商務印書館，1982。

〔註2〕王力《同源字典》，20 頁，商務印書館，1982。

本書錄《〈同源字典〉凡例》該部分如下，並參照《同源字論》作王力古音韻轉表和王力古音聲轉表。

「凡同源字，完全同音，稱爲『同音』。同屬一個韻部，稱爲『疊韻』。同音不同調（如『買、賣』），也稱爲『疊韻』。同類鄰韻，稱爲『旁轉』。同類韻部元音相同，稱爲『對轉』。不同類韻部元音相同，稱爲『通轉』。旁轉而後對轉，稱爲『旁對轉』（少見）。韻尾同屬鼻音，或同屬塞音，也稱爲『通轉』。」〔註3〕

「凡同源字，同屬一個聲母，稱爲『雙聲』。舌頭與舌上同位置者（如端與照，泥與日）、舌上與齒頭同位置者（如照與精，審與心）、正齒與齒頭同位置者（如莊與精，山與心），稱爲『準雙聲』。同類不同母，稱爲『旁紐』。喉與牙，舌與齒，稱爲『鄰紐』。鼻音與鼻音（如 ng-與 nj-），鼻音與邊音（如 m-與 l-），也稱爲『鄰紐』（少見）。」〔註4〕

表 11　王力古音韻轉表

韻部音轉	判定條件	語音情況	舉例
對轉	同類韻部元音相同，韻尾不同	無韻尾——舌根音-k,-ng	侯屋對轉 o：ok 魚陽對轉 a：ang
		舌面元音-i——舌尖音-t,-n	微文對轉 əi：ən 歌月對轉 ai：at
		唇音-p——唇音-m	緝侵對轉 əp：əm 盍談對轉 ap：am
旁轉	同類鄰韻，元音相近	韻尾相同	文元旁轉 ən：an
		無韻尾	侯幽旁轉 o：u
旁對轉	旁轉而後對轉		幽東旁對轉 u：ong
通轉	不同類韻部，元音相同	韻尾發音部位不同	魚歌通轉 a：ai
	不同元音	韻尾同屬塞音	質盍通轉 et：ap
		韻尾同屬鼻音	眞侵通轉 en：əm
疊韻	同一韻部	同音不同調	支部 買 me：賣 me
		聲母相同，韻頭不同	職部 特 dək：直 diək
		聲母不同	職部 國 kuək：域 hiuək
同音	完全同音		支部 柴 ʤhe：紫 ʤhe

〔註3〕王力《同源字典》，79頁，商務印書館，1982。

〔註4〕王力《同源字典》，80頁，商務印書館，1982。

表 12　《同源字典》韻轉關係數量統計表

聲/韻	之 鐸	職 陽	蒸 歌	微 月	物 元	文 盍	緝 談	侵 侯	支 屋	錫 東	耕 宵	脂 沃	質 幽	真 覺	魚
之		6		1	1		1	2							5
職	7		1			1	1				1				1
			1					1	2				2		
蒸	5	1						1							
微					1							2			
			2		1										
物	1	2		3		1	1					1			
		1		2											
文	6	1		5	9			2						1	
			1	1	6										
緝		1		2				1		1					
					1										
侵	1	3	4		1	2	3							1	
			1							4					
支	3									1	1	1			2
錫		4							7		1	1			
									1		1				
耕		1							1	1					
										2					
脂			2	1						1	1		2	3	
質				2		2				2	1	12		1	
				5											
眞						4					1	5	2	3	
		2	1	1											
魚	5									1					
	1	3	3	1	3		2								
鐸		3									1				17
		1		2									1		
陽	1										13				11
	2				3					2	2				
歌				7								5			10
	4	1		1		4									

韻														
月				1	5							4	1	7
	1	3	8	13			1							
元				4	12								6	10
	4	6	6	14						1				
盍						7						1		
				4										
談			1					8				1		
		2	1			2	5							
侯	1													7
								1		2		1		
屋		1								1				1
	4							11		2	1	2	1	
東			2					2	1		1			1
		6						2	1		1			
宵														1
								5				1	6	
沃		1								1				
	1								1		11	1	1	
幽	3								1					1
								8	1		12		2	
覺		2						1						
											2	3	2	6

（同音關係418個；疊韻608個；旁對轉34個；通轉132個；對轉200個；旁轉208個。）

表13　王力古音聲轉表

聲紐音轉	判 定 條 件	語音情況	舉 例
雙聲	同一聲紐		見母雙聲 k：k
準雙聲	舌齒音中發音部位不同，發音方法相同	舌頭——舌上	端照準雙聲 t：tj
		舌上——齒頭	審心準雙聲 sj：s
		正齒——齒頭	莊精準雙聲 tzh：tz
旁紐	同類不同母		透定旁紐 th：d
準旁紐	同類不同發音部位		定喻準旁紐 d：j
鄰紐	發音部位相鄰	喉——牙	影見鄰紐 ○：k
		舌——齒	喻邪鄰紐 j：z
		鼻音——鼻音	疑泥鄰紐 ng：n
		鼻音——邊音	來明鄰紐 l：m

表 14　《同源字典》聲轉關係數量統計表

聲／韻	影審	見禪	溪莊	群初	疑床	曉山	匣俟	端精	透清	定從	泥心	來邪	照幫	穿滂	神並	日明	喻
影	3	1	1			2											
見	2		7	2	2	2	3										
溪		19	3	1		1	2										
群		18	7	5													
疑			1		3		1				1					1	
曉	2	5	7	2	1	3	4										
匣	1	19	4	1	2	6	11										
端								1	2	14			4				
	1									2							
透								5	4	8			1				1
	1	2															
定								6	13	5			4				1
	3		1							1		1					
泥								1		3	1					4	
來								3	3	2							1
													2				
照								6		3			1				
										1							
穿								1	1	1			2				
	1																
神									1	1							
日					1									3	1		
		1															
喻									2	4			4	2	1	1	5
	1									1		1					

審						1	2	3		2		2		
								1						
禪						1	4		1	2	1			
	1							1						
莊						1			2	1				
						2								
初						1			1					
	1					3								
床		1	1	1	1	1		1	1	1	1			
山												1		
	1	1	4	1	1				2					
俟														
精							1	1						
		1			2		2	2	8	2				
清									1					
		1		1	1	1		5		2	3			
從									2					
		2	1	1			7	6	2	3	1			
心							1	2	1		1			1
	1	1	1		1	4		4	4	1	2			
邪									3			4		2
	1		1				2	1	3	1	1			
幫														
												1	5	
滂														
											16	5	7	3
並														
											14	11	5	2
明					1				1	3				
											8	3	6	3

（字典中標明的聲轉共 587 個；旁紐有 340 個，其中有疑見匣旁紐 1 個，幫滂並旁紐 2 個；鄰紐有 120 個；雙聲有 67 個，其中有一個滂母雙聲疊韻；準雙聲有 57 個，其中泥日準雙聲 11 個，審心準雙聲 3 個，照端準雙聲 10 個，初清準雙聲 4 個，照莊準雙聲 1 個，定照準雙聲 1 個，與相應位置鄰紐重合；準旁紐有 3 個，其中照定準旁紐 1 個，莊邪準旁紐 1 個，與相應位置鄰紐重合。）

　　古音通轉是漢語音韻學研究古韻分部的重要方法之一，也是同源詞繫聯的重要語音理論基礎之一。西漢揚雄《方言》中的「轉語」、「語之轉」、「代語」、「通語」、「語通」等概念反映了作者對古音通轉的初步認識。晉代郭璞《方言注》闡釋並發展了揚雄的音轉思想，得出一套包括「聲轉」和「語轉」在內的理論方法。「聲轉」包括：雙聲而轉，韻部不同；聲紐接近而轉，韻部不同；雙聲而轉，韻部相同；雙聲而轉，韻部相關；聲紐相近，韻部相關。語轉分為：疊韻而轉，聲紐不同；雙聲而轉，韻部不同。明清之交，黃生著《字詁》《義府》，從聲調入手研究音轉，帶來了突破性的發展，其研究有時可以明確指出某母轉入某母，提高了古音通轉的精確性。

　　清代學者在上古音研究領域取得了空前的成果，戴震將其精深的音韻學研究成果引入同源詞研究。他分古聲紐為七類二十部，分古韻部為九類二十五部，在此基礎上形成了一個科學的音轉系統，使同源詞繫聯在語音方面走上了科學的道路。後學孔廣森、章太炎發展並應用了戴震的音轉系統，章太炎《文始》以音為綱，繫聯 5000 餘詞，是同源詞研究的一個飛躍，目前最先進的王力古音通轉說更是在此基礎上發展成熟的。今據戴震《聲韻考・卷三・古音》《答段若膺論韻》《轉語二十章序》《語源學概論》作戴震古音通轉表，以窺大概。

表 15　戴震古音通轉表

音轉	類別	判　定　條　件	戴　震　原　文
聲母	正轉	發音部位相同——「同位」	「同位為正轉」
	變轉	發音方法相同——「位同」	「位同為變轉」
韻母	正轉	同韻	「一為轉而不出其類」
		同大類內各韻部	「一為相配互轉」
		鄰近大類通轉	「一為聯貫遞轉」
	旁轉	兩韻部不同類，但語音相似	

2.2　藤堂明保形態基理論

　　高本漢 Word Families in Chinese（1934）由張世祿譯為《漢語詞類》，商務印書館 1935 年出版。著作分為兩個部分，第一部分是對古音構擬的相關討

論，第二部分繫聯詞族，該部分是應用擬音進行詞族劃分的最早嘗試。語音關係上，他根據韻尾輔音不同將各部分爲舌根音-ng，-k，-g 收尾（用 NG 表示）、舌尖音-n，-t，-d，-r 收尾（用 N 表示）和唇音-m，-p，-b 收尾（用 M 表示）三類，又將聲母根據發音部位分爲四類喉牙音 k-，k´-，g-，g´-，ng-，x-，·-（用 K 表示），舌齒音 t-，t´-，d-，d´-，ȶ-，ȶ´-，ɖ-，ɖ´-，；ts-，ts´-，dz-，dz´-，tʂ-，dʐ´-；ś-，s-，z-，ʂ-（用 T 表示），泥（娘）日來 n-，ń-，l-（用 N 表示），唇音 p-，p´-，b´-，m-（用 P 表示）。然後根據這三類韻尾和四類聲母劃分出十二個詞族，分別爲：

A. K-NG 一類的語詞

B. T-NG 一類的語詞

C. N-NG 一類的語詞

D. P-NG 一類的語詞

E. K-N 一類的語詞

F. T-N 一類的語詞

G. N-N 一類的語詞

H. P-N 一類的語詞

I. K-M 一類的語詞

K. T-M, N-M, P-M 諸類的語詞

他的原則主要有「第一點，我把那些只包含『兩種』成分，一個起首音和一個元音（或復合元音）的語詞一概捨去。如同 ku:ko,pâ:piɑ 之類的語詞一種比較是很冒險的，因爲語詞的本體『過於短小』了。語詞具有『三種成分』，起首音，元音（復合元音）和收尾音的：kân：ɡiɑn：k´iwɑn；tung：tôk：d´ôɡ 之類，就中可有得到眞實性的機會就無限的擴大了。第二點，這是很可能的，起首音極端相異的語詞實在是親屬的——尤其是因別種印度支那語所顯示我們的，中國語上一個單純的起首音常常由於冗長的復合輔音一種劇烈的減縮。」〔註5〕同時他對元音沒有細分，他認爲漢語的演化包含很多元音變換，也是導致語根變化多樣的重要原因。他對自己擬測的詞族也是非常小心的，

〔註 5〕高本漢著，張世祿譯《漢語詞類》，106 頁，商務印書館，1935。

「我現在還相差很遠，我的意思只是他們是『可以測定』為親屬的。」〔註6〕
他在文中指定了輔音和元音的轉換原則，現製成表體現如下：

表 16　高本漢轉換原則列表

位　置	音　標	高 本 漢 的 說 明
收尾的輔音	ng~k~g	
	n~t~d~r	
	m~p~b	
起首的輔音	k~k´~g~g´	各組裏的輔音，由同一語根所組成的語詞形式當中可以自由的轉換。另 k 的一組可以和喉頭爆發音•之間、和 x 之間、和 ng 之間、和 ts 的一組之間轉換。
	t~t´~d~d´~ȶ~ȶ´~ɖ~ɖ´	
	ts~ts´~ȡ~ȡ´~tʂ~tś´~ȡ~s~ʂ~ź~z	
	p~p´~b´	
中間的（中介的，附屬的）元音	o~i̯	第一種屬於中國語上由同一語根產生許多轉化語詞的基本方法。o 表示沒有 i̯ i w 的。
	o~i	
	o~w	
	o~i̯w	
	o~iw	
	i̯~i	
	i̯~w	
	i~w	
	i~i̯w	
主要的元音	â：ɑ：ă	
	ŏ：o：ǫ：ô	
	ě：e	
	ŭ：u	
集合的轉換	ɑ~e 拼合 ng~k~g	只限於兩種成分：主要的元音和收尾的輔音
	ɑ~ə 拼合 ng~k~g	
	ɑ~o 拼合 ng~k~g	
	ɑ~u 拼合 ng~k~g	
	e~ə 拼合 ng~k~g	
	e~o 拼合 ng~k~g	
	e~u 拼合 ng~k~g	

〔註 6〕高本漢著，張世祿譯《漢語詞類》，108 頁，商務印書館，1935。

ə~o 拼合 ng~k~g	
ə~u 拼合 ng~k~g	
o~u 拼合 ng~k~g	
ɑ~e 拼合 n~t~d	
ɑ~ə 拼合 n~t~d~r	
e~ə 拼合 n~t~d~r	

　　對於這部著作，王力先生在《〈同源字典〉的性質及其意義》《中國語言學史》《同源字論》中均有論及，可見對此的重視，認爲此書性質近似於章太炎《文始》，雖然在不設初文和選詞這兩點上比章氏嚴謹，但仍然不算是成功的同源詞著作。《中國語言學史》認爲原因有「第一，各組的詞多得幾乎是無邊，從這樣大的範圍來觀察親屬，危險性很大；第二，不能認爲凡聲近者必然義近，應該承認存在著很多聲近的詞（甚至是同音詞）是完全沒有親屬關係的；第三，陰聲韻的韻尾輔音不能作爲定論，因此，-g 與-ng 同組，-r 與-n同組等等也都失去了根據；第四，每組之後只將漢字釋出意義，不加討論，令人不明白爲什麼這些詞是同族的。」〔註7〕這些意見是正確的，單從上表所列的轉換原則就可以看出轉換確實有汗漫無邊的癥結，但是這部著作的價值是不容忽視的。

　　藤堂明保也認爲高本漢的詞族研究比較粗疏，他在構擬上古音系統的同時加入字義的研究，將高本漢的體例和轉換原則改進應用後成功地繫聯了一個獨特的同源詞體系，成爲《漢字語源辭典》，在基本詞彙的繫聯上與王力同源詞體系差別不大。他認爲「大凡上古的音韻理論，是由如上述諧聲系列所表明的類別和《詩經》（以及上古的韻文）所顯示的押韻的類別作爲兩根支柱而構成的。因而，在研究單字家族的時候，也當然可以直接利用迄今爲止依據上古音韻理論而明瞭的聲母、韻母的分類，據此，高本漢氏設置的 1~12個粗略的大類，尚遠須再細分爲細密的語音類別。說不定將來或者會出現可以無視韻母的狀況，但那是在所有的研究完成之後，不能從一開始就放鬆了這個過程。」〔註8〕

〔註7〕　王力《中國語言學史》，194 頁，山西人民出版社，1981。

〔註 8〕　〔日〕藤堂明保，王繼如譯《漢字語源研究中的音韻問題》，《古漢語研究》1994
　　　　年第 2 期，7 頁。

表 17 藤堂明保總結之高本漢 12 詞族表

聲　　母	舌音	n／l	牙音	唇音
舌音韻尾	6	7	5	8
牙音韻尾	2	3	1	4
唇音韻尾	10	11	9	12

　　藤堂明保形態基理論是《漢字語源辭典》繫聯同源詞的基本語音關係標準。形態基是每個詞族的基本語形，「是它的下屬擁有許多『形態素』的大概念，是古人頭腦中所儲蓄的單詞家族的抽象化的各個類型。」〔註 9〕在聲母的分類上，藤堂明保較高本漢劃分更加精細，四種類型，第一類：唇音，p 型—附：m 型，包括 p, m；第二類：牙音和喉音，k 型—附：ŋ 型，包括 k, ŋ；第三類：舌音和正齒音，t 型—附：n 型、l 型，包括 t, n, l, h, 零聲母，d ；第四類：齒音和齒上音，ts 型，包括 ts, s。元音六個 ê（ə），o，ô（ɔ），u，a，e，相配的三個合口音 uê（uə），ua，ue。韻母按甲乙丙分爲三類：甲類 G-K-NG，乙類 R-T-D-N，丙類 P-M，三類內部之間存在語音關係，並沒有與同類之外產生語音關係的現象，這與藤堂明保從根本上否認「旁轉」，肯定對轉的語音關係理論有關。

　　以上聲母、元音和韻母在形態基中都用相應的大寫字母表示，一個詞族標有一個形態基，表示詞族內部同源詞之間的語音關係。現將《漢字語源辭典》223 個詞族的形態基及其所顯示的語音關係表列於下，分別做成表 18 和表 19：

表 18 《漢字語音辭典》形態基統計表

聲母大類	聲母	形　態　基	組數	組數	組數	組數
第一類	p	PêG	29			
		PUK	79			
		PAK	113			
		PAN	173	175		
		PêG/PêK/PêNG	27	28		
		PER/PET/PEN	200			
		PUêR/PUêN	191			
		PUêR/PUêT/PUêN	190			

〔註 9〕王繼如《藤堂明保〈漢字語源辭典〉述評》，《辭書研究》1988 年第 1 期，119 頁。

		POG/POK	51	52	
		PôG/PôK	68		
		PUG/PUNG	80		
		PAK/PAG	114	115	
		PANG/PAK	116		
		PAT/PAD/PAN	172		
		PAR/PAD/PAN	174		
		PAP/PAM	223		
		PLêM	212		
		PEK/PENG	139		
	m	MêG/MêK	31		
		MêK/MêG/MêNG	30		
		MUêN	193		
		MUêR/MUêT/MUêN	192		
		MOK	81		
		MOG/MOK	54		
		MOG/MONG	53		
		MôG/MôK	69		
		MAK/MANG	117		
		MEK/MENG	140		
		MAK/MAG/MANG	118		
		MAN	176		
		MAT/MAN	177		
		MLêG	32		
第二類	k	KêG	19	20	
		KêK/KêNG	21	134	
		KEG	131		
		KENG/KEG	132		
		KENG	133		
		KEK/KENG	134		
		KêR/KêN	183		
		KêR/KêT	185		
		KêN	186		
		KET/KER/KEN	204		
		KêP/KêM	211		
		KUêNG	26		
		KUEG/KUENG	137		
		KUEK/KUENG	138		

		KUêK/KUêG	24			
		KUêR/KUêT	187			
		KUêT/KUêR/KUêN	188			
		KOG	46	47	63	
		KôG/KôK	64	65		
		KUG/KUK/KUNG	74	75		
		KUK	76			
		KAG	100			
		KAG/KAK/KANG	101	104		
		KANG	103			
		KUAK/KUANG	107			
		KUANG	108			
		KAR/KAT	159			
		KAR/KAT/KAN	160			
		KAT/KAN	163			
		KAT/KAD/KAN	164			
		KUAR/KUAN	166			
		KUAR/KUAN/KUAT	167			
		KUAT	168			
		KUAT/KUAN	169	171		
		KUAN	170			
		KAP/KAM	219	220	221	
		KLAM	217			
	ŋ	NGôG	67			
		NGUK	77			
		NGAG/NGANG	102			
		NGAG/NGAK/NGANG	112			
		NGAR/NGAN	161			
		NGAT	162			
		NGAP/NGAM	222			
第三類	t	TEG/TEK	1			
		TêG	2	3	4	
		TêK	5	6		
		TEK	8			
		TêK/TêG/TêNG	9			
		TENG	10	122		
		TOG/TOK/TONG	33	34	35	36
		TOG	37			

	TOK/TOG	38			
	TôG	55	56	61	
	TôG/TôK	57			
	TUG/TUK	70			
	TUNG/TUK	71			
	TAG/TAK	82	83	84	
	TAG	85			
	TANG	86	87	88	89
	TAK/TANG	90			
	TEK/TEG/TENG	120			
	TEG/TENG	121	123		
	TAT/TAR/TAN	141	142		
	TAN	143	144		
	TUAR/TUAN	145			
	TUAN	146			
	TUAT/TUAD	147			
	TUêT/TUêD	178			
	TUêR/TUêT/TUêN	179	180		
	TER/TET/TEN	194			
	TER	195			
	TEN/TET	196			
	TEN	197			
	TêP/TêM	205	206		
	TAP/TAM	213	214		
n	NêG/NêNG	11			
	NOG/NOK/NONG	39			
	NôG/NôK	58			
	NUG/NOK/NUNG	72			
	NAG/NAK/NANG	91			
	NANG	92			
	NAN/NAT	151			
	NUAN	152			
	NER/NET/NEN	198			
	NêP/NêM	207			
	NAM	215			
l	LêK/LêNG	12			
	LOG	40	41		
	LôG	59			

		LAG/LANG	93		
		LANG/LAK	94		
		LENG/LEK/LEG	124		
		LENG/LEK	125		
		LAT/LAD	148		
		LUAT/LUAN	150		
		LUêR/LUêT/LUên	181		
		LêP/LêM	208		
		LAP/LAM/KLAM	216		
	h	HêG	22		
		HUêG	25		
		HOG/HOK	48		
		HOG/HONG	50		
		HUG/HUNG	78		
		HANG	105		
		HUAG/HUANG	110		
		HUAG	111		
		HENG	135		
		HUAR/HUAN	165		
		HUêR/HUên	189		
		êG/êK	23		
		OG/OK	49		
		ôG/ôK	66		
		AG/AK/ANG	106		
		EK	136		
		êR/êN	184		
	d	DêK/DêNG	7		
		DEK/DEG/DENG	119		
第四類	ts	TSEG	14		
		TSêG/TSêNG	15		
		TSêG	16		
		TSêK	18		
		TSOG/TSOK	42		
		TSOG	43	44	
		TSOG/SONG	45		
		TSôG	62		
		TSUG/TSUK/TSUNG	73		
		TSAG/TSAK	95		

聲母	韻類				
	TSAK/TSAG/TSANG	97			
	TSANG	98	99		
	TSEK/TSEG/TSENG	127			
	TSENG	128	129		
	TSAR/TSAT/TSAN	153			
	TSAN	155			
	TSUAN	157			
	TSUAR/TSUAN	158			
	TSUêN/TSUêT	182			
	TSER	201			
	TSET/TSER/TSEN	202	203		
	TSêM/SêP	209			
	TSêP/TSêM	210			
	TSAP/TSAM	218			
s	SêG	13			
	SêK	17			
	SôG/SôK	60			
	SAG/SAK/SANG	96			
	SENG/SEK/SEG	126			
	SENG	130			
	SAR/SAT/SAN	154			
	SUAT	156			
	SER/SEN	199			

表 19　《漢字語源辭典》語音關係數量統計表

韻母韻尾分類			甲　類							乙　類											丙　類		
聲母		元音	G	K	NG	G K	G NG	K NG	G K NG	R	T	D	N	R T	R T N	T D	T N	T D N	R D N	R T N	P	M	P M
第一類	p	ê	1						2														
		uê														1				1			
		o					2																
		ô					1																
		u		1				1															
		a		1		2		1										2	1	1			
		ua																					
		e																		1			
		ue																					

類	聲	韻																
	m	ê			1			1										
		uê									1					1		
		o			1	1												
		ô			1													
		u		1														
		a					1	1			1			1				
		ua																
		e						1										
		ue																
第二類	k	ê	1					2			1	1	1					1
		uê			1	1						1				1		
		o	3															
		ô			2													
		u		1					2									
		a	1		1			2				1		1	1	1		1
		ua			1			1		1	1	1	1			1		
		e	1		1		1	1								1		
		ue					1	1										
	ŋ	ê																
		uê																
		o																
		ô	1															
		u		1														
		a						1		1	1		1					1
		ua																
		e																
		ue			1													
第三類	t	ê	3	2					1									1
		uê											1		2			
		o	1			1			4									
		ô	1			1												
		u				1		1										
		a	1		4	3		1				2				2		1
		ua										1		1	1			
		e		1	1	1	2		1	1		1			1		1	
		ue																

聲母	韻	1	2	3	4	5	6	7	8	9	10	11	12	13	14
n	ê				1										1
	uê														
	o						1								
	ô			1											
	u						1								
	a		1				1		1			1		1	
	ua														
	e												1		
	ue														
l	ê					1									1
	uê												1		
	o	1													
	ô	1													
	u														
	a				1	1						1	1		
	ua											1			
	e					1	1								
	ue														
h	ê	1													
	uê	1								1					
	o			1	1										
	ô														
	u				1										
	a		1												
	ua	1		1	1					1					
	e		1												
	ue														
零聲母	ê			1						1					
	uê														
	o			1											
	ô			1											
	u														
	a						1								
	ua														
	e	1													
	ue														

類	聲	韻												
	d	ê				1								
		uê												
		o												
		ô												
		u												
		a												
		ua												
		e					1							
		ue												
第四類	ts	ê	1	1		1								1
		uê										1		
		o	1		1	1								
		ô	1											
		u					1							
		a		1	1					1			1	1
		ua								1	1			
		e	1	2		1	1						2	
		ue												
	s	ê	1	1										
		uê												
		o												
		ô			1									
		u												
		a					1						1	
		ua						1						
		e		1			1			1				
		ue												

2.3　兩家比較

　　王力古音通轉理論是一個成系統的聲轉韻轉體系，其統轄下的同源詞完整成熟，但是如前表清晰可見，藤堂明保肯定對轉，卻從根本上否認旁轉，其形態基除同音、疊韻情況，其餘均爲同類元音相同的對轉，難免偏頗。王繼如《藤堂明保漢字語源辭典述評》認爲「由於作者從根本上否定旁轉，便給自己在語源研究時設置了不應有的障礙。但是，旁轉以及通轉畢竟是不能抹煞的語言事實，所以作者在正文的敘述中，有時也不得不勉強承認。否定旁轉的濫用是完

全正確的，但根本否定旁轉的存在就不對了。而作者在根本否定旁轉的同時，對對轉卻似乎用得過分了。」〔註10〕這一批評是中肯的。聲轉上，限於目前資料，藤堂明保亦沒有明確陳述，但是通過比較亦有與王力不謀而合之處。

本書自第三章起至第八章，將以前文王力《同源字典》聲轉韻轉關係表爲依據，窮盡式統計分類列出《同源字典》所有三千餘漢字和同源詞之間的聲轉韻轉關係，按韻轉聲轉不同分類，各韻轉類下先列有數量統計表，然後按聲轉順序列出該韻轉下所有同源詞組，每組同源詞依次爲同源字——王力擬音——王力韻部——王力聲母——《同源字典》編號（同源字出現順序編號-同源詞組編號-頁數），雙豎線後是藤堂明保部分，空著的爲藤堂明保未收，不再贅述。依次爲同源字——藤堂擬音——藤堂韻部——藤堂聲母——形態基——藤堂編號（同源字出現順序編號-同源詞組編號-頁數）。

每組下面配合相應的比較，有如下情況即列出，順序依次爲（後面括號中爲該情況在下文出現的次數）：

1、兩家韻部差異導致的同源詞差異：

（1）王力冬侵合併（37）；

（2）藤堂明保陰聲韻帶輔音韻尾（454）；

（3）藤堂明保乙類隊祭至帶-d尾（47）；

2、兩家聲母差異導致的同源詞差異：

（1）藤堂明保無邪母（19）；

（2）舌音差別（33）；

（3）藤堂明保擬有舌尖後塞擦音和擦音莊初崇生一組（3）；

（4）曉匣擬音不同（107）。

〔註10〕王繼如《藤堂明保〈漢字語源辭典〉述評》，《辭書研究》1988年第1期，120頁。

第三章　對轉關係同源詞比較

對轉指的是同類韻部元音相同，韻尾不同的情況，分爲三類：無韻尾的韻部和韻尾爲舌根音-k 和-ng 的韻部的語音對應；韻尾爲舌面元音-i 的韻部和韻尾爲舌尖音-t,-n 的韻部的語音對應；韻尾爲唇音-p 的韻部和韻尾爲唇音-m 的韻部的語音對應。下面我們分別對此三類對轉進行比較研究。

3.1　無韻尾的韻部和韻尾爲舌根音-k 和-ng 的韻部的語音對應

這類對應即《同源字典》韻表中甲類字同元音韻部之間的對應，細分應爲六類 14 種對轉：第一類：主元音爲 ə，有之職對轉、之蒸對轉、職蒸對轉；第二類：主元音爲 e，有支錫對轉、支耕對轉、錫耕對轉；第三類：主元音爲 a，有魚鐸對轉、魚陽對轉、鐸陽對轉；第四類：主元音爲 o，有侯屋對轉、侯東對轉、屋東對轉；第五類：主元音爲 ô，有宵沃對轉；第六類：主元音爲 u，有幽覺對轉。

3.1.1　之職對轉

元音對應爲 ə－ək，共計 13 組。按聲轉差異細分如下表：

見母雙聲	定母雙聲	照母雙聲	禪母雙聲	滂母雙聲	並母雙聲	明母雙聲	見群旁紐	幫並旁紐	幫明旁紐	神邪鄰紐	來明鄰紐
2	1	1	1	1	1	1	1	1	1	1	1

比較《漢字語源辭典》如下：

改	kə	之	見	3-2-81	改	kəg	之	見	KêK/KêNG	236-21-133
革	kək	職	見	5-2-81	革	kŏk	職	見	KêK/KêNG	216-21-131

藤堂明保陰聲韻帶輔音韻尾。

骸	keə	之	見	1056-312-249	骸	ɦŏg	之	匣	KêK/KêNG	225-21-132
核	kək	職	見	1055-312-249	核	ɦŏk	職	匣	KêK/KêNG	226-21-132

藤堂明保陰聲韻帶輔音韻尾。曉匣擬音不同。

持	diə	之	定	64-22-91	持	dïəg	之	定	TEG/TEK	12-1-71
值	diək	職	定	65-22-91	值	dïəg	之	定	TEK	68-8-90

藤堂明保陰聲韻帶輔音韻尾。

志	tjiə	之	照	89-32-95	志	tiəg	之	端	TêG	16-2-73
識	tjiək	職	照	90-32-95	識	thiək	職	透	TêK	54-6-84

藤堂明保陰聲韻帶輔音韻尾。

殖	zjiək	職	禪	1114-330-260	殖	dhiək	職	定	TEK	65-8-89
植	zjiək	職	禪	1115-330-260	植	dhiək	職	定	TEK	64-8-89
蒔（時）	zjiə	之	禪	1116-330-260	時	dhiəg	之	定	TêG	20-2-74

藤堂明保陰聲韻帶輔音韻尾。

剖（掊）	phə	之	滂	132-44-102	剖	p'uŏg	之	滂	PêK/PêG/PêNG	324-28-158
副（畐）	phiuək	職	滂	133-44-102	副	p'uïək	職	滂	PK/PêG/PêNG	327-28-158
腷	phiuək	職	滂	134-44-102						

藤堂明保陰聲韻帶輔音韻尾。

偝	buək	職	並	1137-336-262						
背	buək	職	並	1138-336-262	背	puəg	之	幫	PêK/PêG/PêNG	319-28-157
倍	buə	之	並	1139-336-262	倍	bəg	之	並	PêK/PêG/PêNG	325-28-158

藤堂明保陰聲韻帶輔音韻尾。

䵲（黴）	muə	之	明	2006-618-409						
墨	mək	職	明	2007-618-409	墨	mək	職	明	MÊK/MÊG/MÊNG	349-30-164

諅（忌）	giə	之	群	31-13-86						
戒	keək	職	見	32-13-86	戒	kĕg	之	見	KÊK/KÊNG	233-21-133

背	puək	職	幫	1130-336-262	背	puəg	之	幫	PÊK/PÊG/PÊNG	319-28-157
負	biuə	之	並	1134-336-262	負	buïəg	之	並	PÊK/PÊG/PÊNG	320-28-157
偩	biuə	之	並	1135-336-262						
蝜	biuə	之	並	1136-336-262						

藤堂明保陰聲韻帶輔音韻尾。

背	puək	職	幫	1130-336-262	背	puəg	之	幫	PÊK/PÊG/PÊNG	319-28-157
脢	muə	之	明	1132-336-262						
脥	muə	之	明	1133-336-262						

食	djiək	職	神	1109-328-258	食	diək	職	定	TÊK	49-5-83
飼（飤）	ziə	之	邪	1110-328-258	飼飤	d̥iəg	之	澄	TÊK	51-5-83

藤堂明保陰聲韻帶輔音韻尾。藤堂明保無邪母。

來（麳）	lə	之	來	72-25-92	來（來）	m̥ləg	之	明	MLÊG	374-32-170
麥	muək	職	明	73-25-92	麥（麥）	mək	職	明	MLÊG	376-32-170

藤堂明保陰聲韻帶輔音韻尾。

3.1.2　之蒸對轉

元音對應爲 ə－əng，共計 5 組。按聲轉差異細分如下表：

曉母雙聲	端定旁紐	透定旁紐	溪曉旁紐
1	2	1	1

比較《漢字語源辭典》如下：

興	xiəng	蒸	曉	18-7-84	興	hïəŋ	蒸	曉	KêG	215-20-129
熙	xiə	之	曉	19-7-84	熙	hïəg	之	曉	HêG	243-22-135

藤堂明保陰聲韻帶輔音韻尾。曉匣擬音不同。

待	də	之	定	60-21-90	待	dəg	之	定	TEG/TEK	9-1-71
等	təng	蒸	端	63-21-90						

藤堂明保陰聲韻帶輔音韻尾。

駘（跆）	də	之	定	1090-320-253						
登	təng	蒸	端	1081-320-253	登	təŋ	蒸	端	TENG	80-10-95

眙	thiə	之	透	同 56-19-90					
瞪	diəng	蒸	定	同 57-19-90					

起	khiə	之	溪	17-7-84	起	kʼïəg	之	溪	KêG	210-20-128
興	xiəng	蒸	曉	18-7-84	興	hïəŋ	蒸	曉	KêG	215-20-129

藤堂明保陰聲韻帶輔音韻尾。曉匣擬音不同。

3.1.3 職蒸對轉

元音對應爲 ək－əng，共計 2 組。按聲轉差異細分如下表：

影母雙聲	端母雙聲
1	1

比較《漢字語源辭典》如下：

膺	iəng	蒸	影	1423-439-312	膺	ïəm	侵	影	KêP/KêM	3145-211-824
臆（肊）	iək	職	影	1424-439-312	臆肊	ïək	職	影	êG/êK	255-23-138

陟	tiək	職	端	1080-320-253	陟	tïək	職	端	TAP/TAM	3171-213-834
登	təng	蒸	端	1081-320-253	登	təŋ	蒸	端	TENG	80-10-95

3.1.4　支錫對轉

元音對應為 e－ek，共計 8 組。按聲轉差異細分如下表：

定母雙聲	禪母雙聲	心母雙聲	幫母雙聲	端定旁紐	透定旁紐	滂明旁紐
2	1	1	1	1	1	1

比較《漢字語源辭典》如下：

踶（踶跢）	die	支	定	177-60-109
蹢（蹄）	diek	錫	定	183-60-109

擲（摘）	diek	錫	定	1185-351-271	摘	dǐěk	錫	定	TEK/TEG/TENG	1655-120-463
提	dye	支	定	1186-351-271	提	deg	支	定	TEK/TEG/TENG	1651-120-463

堂明保陰聲韻帶輔音韻尾。

是	zjie	支	禪	213-66-115	是	dhieg	支	定	DEK/DEG/DENG	1644-119-460
寔	zjiek	錫	禪	214-66-115						

藤堂明保陰聲韻帶輔音韻尾。

斯	sie	支	心	224-71-116	斯	sieg	支	心	SENG/SEK/SEG	1726-126-482
析	syek	錫	心	225-71-116	析	sek	錫	心	SENG/SEK/SEG	1729-126-483

藤堂明保陰聲韻帶輔音韻尾。

捭	pe	支	幫	226-72-117						
擘	pek	錫	幫	227-72-117	擘	běk	錫	並	PEK/PENG	1870-139-518
掰	pek	錫	幫	228-72-117						

蹄（踶）	dye	支	定	188-61-111	蹄	deg	支	定	TEG/TENG	1689-123-473
蹢	tyek	錫	端	189-61-111						

藤堂明保陰聲韻帶輔音韻尾。

踶	dye	支	定	190-61-111
踢	thyek	錫	透	191-61-111

派	phe	支	滂	235-74-118

脈 (脉)	mek	錫	明	237-74-118	衇脈	mĕk	錫	明	MEK/MENG	1893-140-523

3.1.5 支耕對轉

元音對應爲 e－eng，共計 2 組。按聲轉差異細分如下表：

定母雙聲	清心旁紐
1	1

比較《漢字語源辭典》如下：

定 (顁)	dyeng	耕	定	1503-464-325	定	deŋ	耕	定	TENG	1683-122-470
題	dye	支	定	1504-464-325	題	deg	支	定	DEK/DEG/DENG	1647-119-460

藤堂明保陰聲韻帶輔音韻尾。

壻 (婿聟)	sye	支	心	520-161-168
倩	tsieng	耕	清	521-161-168

3.1.6 錫耕對轉

元音對應爲 ek－eng，共計 1 組。按聲轉差異細分如下表：

喻母雙聲
1

比較《漢字語源辭典》如下：

溢 (益)	jiek	錫	喻	1189-353-272	益	iĕk	錫	影	EK	1807-136-504
盈	jieng	耕	喻	1190-353-272						

3.1.7 魚鐸對轉

元音對應爲 a－ak，共計 18 組。按聲轉差異細分如下表：

見母 雙聲	疑母 雙聲	日母 雙聲	喻母 雙聲	審母 雙聲	幫母 雙聲	明母 雙聲	溪匣 旁紐	照穿 旁紐	精從 旁紐	滂明 旁紐
3	2	3	2	1	1	1	1	1	2	1

比較《漢字語源辭典》如下：

假（假）	kea	魚	見	294-89-129	假（仮）	kăg	魚	見	KAG	1318-100-383
格（挌）	keak	鐸	見	295-89-129	格	kăk	鐸	見	KAG/KAK/KANG	1344-101-390

藤堂明保陰聲韻帶輔音韻尾。

據	kia	魚	見	301-92-130	據（拠）据	kïag	魚	見	KAG	1331-100-385
戟	kyak	鐸	見	302-92-130						
撠	kyak	鐸	見	303-92-130						

藤堂明保陰聲韻帶輔音韻尾。

瞿（眗䀠）	kiua	魚	見	315-97-132	瞿	kïuag	魚	見	HUANG	1462-109-417
钁	kiuak	鐸	見	318-97-132	钁	kïuak	鐸	見	KUAK/KUANG	1429-107-409

藤堂明保陰聲韻帶輔音韻尾。

忤（啎悟悟午迕）	nga	魚	疑	341-104-136	悟	ŋag	魚	疑	NGAG/NGAK/NGANG	1499-112-427
逆（屰）	ngyak	鐸	疑	342-104-136	逆	ŋïăk	鐸	疑	NGAG/NGAK/NGANG	1513-112-429

藤堂明保陰聲韻帶輔音韻尾。

迕	nga	魚	疑	624-190-186						
遻	ngak	鐸	疑	625-190-186	遻愕	ŋak	鐸	疑	NGAG/NGAK/NGANG	1516-112-429
愕	ngak	鐸	疑	626-190-186	遻愕	ŋak	鐸	疑	NGAG/NGAK/NGANG	1516-112-429

如	njia	魚	日	455-140-156	如	niag	魚	泥	NAG/NAK/NANG	1211-91-357
若	njiak	鐸	日	456-140-156	若	niak	鐸	泥	NAG/NAK/NANG	1213-91-357

藤堂明保陰聲韻帶輔音韻尾。

如	njia	魚	日	460-141-157	如	niag	魚	泥	NAG/NAK/NANG	1211-91-357

| 若 | njiak | 鐸 | 日 | 461-141-157 | 若 | niak | 鐸 | 泥 | NAG/NAK/NANG | 1213-91-357 |

藤堂明保陰聲韻帶輔音韻尾。

| 汝 | njia | 魚 | 日 | 464-143-157 | | | | | | |
| 若 | njiak | 鐸 | 日 | 466-143-157 | 若 | niak | 鐸 | 泥 | NAG/NAK/NANG | 1213-91-357 |

| 豫 | jia | 魚 | 喻 | 483-150-162 | 豫 | ḍiag | 魚 | 澄 | TAG | 1158-85-340 |
| 懌 | jyak | 鐸 | 喻 | 485-150-162 | | | | | | |

藤堂明保陰聲韻帶輔音韻尾。舌音差別。

| 蕷（預） | jia | 魚 | 喻 | 492-152-163 | | | | | | |
| 藥（薬） | jiak | 鐸 | 喻 | 493-152-163 | 藥（薬） | gliɔk | 藥 | 群 | LôG | 750-59-254 |

捨（舍）	sjya	魚	審	494-153-164	捨	thiăg	魚	透	TAG	1151-85-339
赦	sjyak	鐸	審	495-153-164	赦	thiăg	魚	透	TAG	1156-85-340
釋	sjyak	鐸	審	496-153-164	釋（釈）	thiăk	鐸	透	TAK/TAG	1136-84-336

藤堂明保陰聲韻帶輔音韻尾。

| 逋 | pa | 魚 | 幫 | 534-167-171 | | | | | | |
| 搏 | pak | 鐸 | 幫 | 537-167-171 | 搏 | pʻak | 鐸 | 滂 | PAK/PAG | 1546-115-437 |

| 無 | miua | 魚 | 明 | 571-178-178 | 無 | muïag | 魚 | 明 | MAK/MAG/MANG | 1607-118-452 |
| 莫 | mak | 鐸 | 明 | 575-178-178 | 莫 | mak | 鐸 | 明 | MAK/MANG | 1585-117-446 |

藤堂明保陰聲韻帶輔音韻尾。

| 枯 | kha | 魚 | 溪 | 321-98-133 | 枯 | kʻag | 魚 | 溪 | KAG/KAK/KANG | 1335-101-389 |
| 涸 | hak | 鐸 | 匣 | 324-98-133 | 涸 | ɦak | 鐸 | 匣 | KAG/KAK/KANG | 1338-101-390 |

藤堂明保陰聲韻帶輔音韻尾。曉匣擬音不同。

| 赭 | tjya | 魚 | 照 | 440-136-153 | 赭 | tiăg | 魚 | 端 | TAG/TAK | 1125-83-332 |
| 赤 | thjyak | 鐸 | 穿 | 441-136-153 | 赤 | tʻiăk | 鐸 | 透 | TAG/TAK | 1123-83-332 |

藤堂明保陰聲韻帶輔音韻尾。

苴	tzia	魚	精	506-158-167	苴	dzăg	魚	從	TSAG/TSAK	1254-95-367
菹	tzia	魚	精	507-158-167						
且	tzia	魚	精	508-158-167	且	tsiag	魚	精	TSAG/TSAK	1246-95-366
藉	dzyak	鐸	從	509-158-167	藉	dziăg	魚	從	TSAG/TSAK	1259-95-367

藤堂明保陰聲韻帶輔音韻尾。

撫	phiua	魚	滂	559-174-176						
摸	mak	鐸	明	563-174-176	摸摹	mag	魚	明	MAK/MAG/MANG	1616-118-453

3.1.8　魚陽對轉

元音對應爲 a－ang，共計 14 組。按聲轉差異細分如下表：

疑母雙聲	定母雙聲	邪母雙聲	幫母雙聲	明母雙聲	照端準雙聲	見溪旁紐	見群旁紐	端定旁紐	從邪旁紐	幫明旁紐	滂並旁紐	喻邪鄰紐
2	1	1	1	1	1	1	1	1	1	1	1	1

比較《漢字語源辭典》如下：

吾	nga	魚	疑	333-101-135	吾	ŋag	魚	疑	NGAG/NGAK/NGANG	1496-112-427
卬	ngang	陽	疑	335-101-135	卬	ŋaŋ	陽	疑	NGAG/NGAK/NGANG	1517-112-429

藤堂明保陰聲韻帶輔音韻尾。

迓（御訝）	ngea	魚	疑	627-190-186	御	ŋïag	魚	疑	NGAG/NGAK/NGANG	1502-112-427
迎	ngyang	陽	疑	628-190-186	迎	ŋïăŋ	陽	疑	NGAG/NGAK/NGANG	1519-112-429

藤堂明保陰聲韻帶輔音韻尾。

途（涂塗）	da	魚	定	400-123-147	途	dag	魚	定	TAG	1152-85-339
唐	dang	陽	定	402-123-147	唐	daŋ	陽	定	TANG	1180-87-347

藤堂明保陰聲韻帶輔音韻尾。

序（杼）	zia	魚	邪	528-165-170	序	ḍiag	魚	澄	TAG	1160-85-340
庠	ziang	陽	邪	529-165-170						

藤堂明保陰聲韻帶輔音韻尾。藤堂明保無邪母。

把	pea	魚	幫	545-169-173	把	pǎg	魚	幫	PAK/PAG	1557-115-438
秉	pyang	陽	幫	546-169-173						
柄(棅)	pyang	陽	幫	547-169-173	柄	piǎŋ	陽	幫	PANG/PAK	1576-116-444

藤堂明保陰聲韻帶輔音韻尾。

無	miua	魚	明	571-178-178	無	muïag	魚	明	MAK/MAG/MANG	1607-118-452
亡	miuang	陽	明	573-178-178	亡	mïaŋ	陽	明	MAK/MANG	1597-117-447
罔	miuang	陽	明	574-178-178						

藤堂明保陰聲韻帶輔音韻尾。

章	tjiang	陽	照	1714-526-360	章	tiaŋ	陽	端	TANG	1179-87-347
彰	tjiang	陽	照	1715-526-360	彰	tiaŋ	陽	端	TANG	1178-87-347
著(箸)	tia	魚	端	1716-526-360	著	tïak	鐸	端	TAG/TAK	1104-82-329

筥	kia	魚	見	296-90-129
筐(匡)	khiuang	陽	溪	298-90-129

剛	kang	陽	見	1598-495-341	剛	kaŋ	陽	見	KAG/KAK/KANG	1361-101-391
鋼	kang	陽	見	1600-495-341						
鉅	gia	魚	群	1601-495-341						

徒	da	魚	定	407-125-148	徒	dag	魚	定	TAG/TAK	1094-82-327
黨(攩)	tang	陽	端	408-125-148	黨(黨)	taŋ	陽	端	TANG	1171-86-344

藤堂明保陰聲韻帶輔音韻尾。

序(杼)	zia	魚	邪	528-165-170	序	ḏiag	魚	澄	TAG	1160-85-340
牆	dziang	陽	從	530-165-170	牆	dziaŋ	陽	從	TSANG	1305-99-380

藤堂明保陰聲韻帶輔音韻尾。藤堂明保無邪母。

逋	pa	魚	幫	534-167-171					
亡	miuang	陽	明	535-167-171	亡	mïaŋ	陽	明	MAK/MANG	1597-117-447

溥	pha	魚	滂	542-168-172	溥	p'ag	魚	滂	PANG/PAK	1583-116-444
普	pha	魚	滂	543-168-172	普	p'ag	魚	滂	PANG/PAK	1584-116-445
旁	bang	陽	並	544-168-172	旁	baŋ	陽	並	PANG/PAK	1566-116-442

藤堂明保陰聲韻帶輔音韻尾。

象	ziang	陽	邪	1766-547-371					
豫	jia	魚	喻	1767-547-371	豫	ḍiag	魚	澄	TAG	1158-85-340

藤堂明保陰聲韻帶輔音韻尾。藤堂明保無邪母。舌音差別。

3.1.9　鐸陽對轉

元音對應爲 ak-－ang，共計 3 組。按聲轉差異細分如下表：

疑母雙聲	明母雙聲	見曉旁紐
1	1	1

比較《漢字語源辭典》如下：

迎	ngyang	陽	疑	628-190-186	迎	ŋïăŋ	陽	疑	NGAG/NGAK/NGANG	1519-112-429
逆	ngyak	鐸	疑	629-190-186	逆	ŋïăk	鐸	疑	NGAG/NGAK/NGANG	1513-112-429

艋	meang	陽	明	1269-379-285
蛨	meak	鐸	明	1270-379-285

壑 (叡)	xak	鐸	曉	1233-369-280
埂	keang	陽	見	1235-369-280

3.1.10　侯屋對轉

元音對應爲 o－ok，共計 12 組。按聲轉差異細分如下表：

見母雙聲	曉母雙聲	端母雙聲	定母雙聲	照母雙聲	喻母雙聲	禪母雙聲	清母雙聲	從母雙聲	見溪旁紐	清從旁紐	定喻鄰紐
1	1	1	1	1	1	1	1	1	1	1	1

比較《漢字語源辭典》如下：

構（𣏚）	ko	侯	見	590-183-182
桷	keok	屋	見	592-183-182

煦（昫）	xio	侯	曉	41-16-87
旭	xiok	屋	曉	42-16-87

咮	tio	侯	端	634-191-188
啄	tiok	屋	端	635-191-188

頭	do	侯	定	639-193-190	頭	dug	侯	定	TUG/TUK	884-70-283
髑髏	dok-lo	屋	定	640-193-190						

藤堂明保陰聲韻帶輔音韻尾。

注	tjio	侯	照	659-199-193	注	tiŭg	侯	端	TUG/TUK	894-70-284
屬	tjiok	屋	照	660-199-193	屬（属）	tiuk	屋	端	TUG/TUK	902-70-285

覾	jio	侯	喻	同 667-202-194
欲	jiok	屋	喻	同 668-202-194

裋	zjio	侯	禪	同 675-206-195
襡（襦）	zjiok	屋	禪	同 676-206-195

趣（趨）	tsio	侯	清	685-210-196	趣	tsʻiŭg	侯	清	TSUG/TSUK/TSUNG	957-73-299
促	tsiok	屋	清	686-210-196	促	tsʻiuk	屋	清	TSUG/TSUK/TSUNG	954-73-298

藤堂明保陰聲韻帶輔音韻尾。

| 聚 | ʥio | 侯 | 從 | 688-211-197 | 聚 | ʥiŭg | 侯 | 從 | TSUG/TSUK/TSUNG | 959-73-299 |
| 族 | ʥok | 屋 | 從 | 694-211-197 | 族 | ʥuk | 屋 | 從 | TSUG/TSUK/TSUNG | 969-73-300 |

藤堂明保陰聲韻帶輔音韻尾。

| 句 | ko | 侯 | 見 | 598-185-183 | 句 | kiŭg | 侯 | 見 | KUK/KUG/KUNG | 1016-75-309 |
| 曲 | khiok | 屋 | 溪 | 607-185-183 | 曲 | kʼiuk | 屋 | 溪 | KUK/KUG/KUNG | 1015-75-309 |

藤堂明保陰聲韻帶輔音韻尾。

聚	ʥio	侯	從	688-211-197	聚	ʥiŭg	侯	從	TSUG/TSUK/TSUNG	959-73-299
湊	tsok	屋	清	691-211-197	湊	tsʻug	侯	清	TSUG/TSUK/TSUNG	979-73-301
輳	tsok	屋	清	692-211-197						
簇（蔟）	tsok	屋	清	693-211-197	蔟	tsʻug	侯	清	TSUG/TSUK/TSUNG	970-73-300

藤堂明保陰聲韻帶輔音韻尾。

| 竇 | dok | 屋 | 定 | 同 1324-402-295 |
| 竇 | jio | 侯 | 喻 | 同 1327-402-295 |

3.1.11　侯東對轉

元音對應爲 o－ong，共計 2 組。按聲轉差異細分如下表：

從母雙聲	心母雙聲
1	1

比較《漢字語源辭典》如下：

聚	ʥio	侯	從	688-211-197	聚	ʥiŭg	侯	從	TSUG/TSUK/TSUNG	959-73-299
叢（藂藜）	ʥong	東	從	696-211-197	叢	ʥuŋ	東	從	TSUG/TSUK/TSUNG	972-73-300
叢	ʥong	東	從	697-211-197						

藤堂明保陰聲韻帶輔音韻尾。王力冬侵合併。

須（蘋）	sio	侯	心	702-213-199	須	ṇiŭg	侯	娘	NUG/NUK/NUNG	941-72-294
菘	siong	東	心	703-213-199						

藤堂明保陰聲韻帶輔音韻尾。舌音差別。

3.1.12 屋東對轉

元音對應爲 ok－ong，共計 3 組。按聲轉差異細分如下表：

來母雙聲	定照鄰紐	定邪鄰紐
1	1	1

比較《漢字語源辭典》如下：

籠	long	東	來	1843-572-383
簏（鹿簏）	lok	屋	來	1846-572-383

鍾（鐘）	tjiong	東	照	1839-571-382	鐘	tiuŋ	東	端	TUNG/TUK	922-71-290
斀	deok	屋	定	1840-571-382						

王力冬侵合併。

讀	dok	屋	定	1331-404-297	讀（読）	duk	屋	定	TUG/TUK	905-70-285
誦	ziong	東	邪	1332-404-297						

3.1.13 宵沃對轉

元音對應爲 ô－ôk，共計 12 組。按聲轉差異細分如下表：

見母雙聲	溪母雙聲	匣母雙聲	喻母雙聲	精母雙聲	從母雙聲	審心準雙聲	見匣旁紐	端透旁紐	照喻旁紐
1	1	1	2	1	1	1	1	2	1

比較《漢字語源辭典》如下：

教	keôk	沃	見	1349-412-300	教（教）	kŏg	宵	見	KôG/KôK	831-65-270
孝	keô	宵	見	1350-412-300	孝	kŏg	宵	見	KôG/KôK	830-65-270

藤堂明保陰聲韻帶輔音韻尾。

| 敲 | kheô | 宵 | 溪 | 616-187-185 | 敲 | kʰ̆ɔg | 宵 | 溪 | KôG/KôK | 804-64-266 |
| 毃 | kheôk | 沃 | 溪 | 617-187-185 | | | | | | |

藤堂明保陰聲韻帶輔音韻尾。

顤	hô	宵	匣	748-224-205						
嶤	hô	宵	匣	749-224-205						
嚣	hôk	沃	匣	747-224-205						
雤	hôk	沃	匣	750-224-205	雤	ɦ̆ɔk	藥	匣	KôG/KôK	808-64-266
鶴	hôk	沃	匣	751-224-205						

曉匣擬音不同。

| 䠌 | jiô | 宵 | 喻 | 785-234-209 | | | | | | |
| 躍
（趯） | jiôk | 沃 | 喻 | 786-234-209 | 躍 | ḍiɔk | 藥 | 澄 | TôG/TôK | 720-57-249 |

舌音差別。

| 僬 | tziô | 宵 | 精 | 853-254-219 | | | | | | |
| 爝 | tziôk | 沃 | 精 | 854-254-219 | | | | | | |

| 噍 | dziô | 宵 | 從 | 861-257-220 | | | | | | |
| 嚼
（噍） | dziôk | 沃 | 從 | 862-257-220 | 嚼 | dzɔk | 藥 | 從 | SôG/SôK | 768-60-258 |

銷	siô	宵	心	875-261-222						
消	siô	宵	心	876-261-222	消	siɔg	宵	心	SôG/SôK	754-60-256
鑠 （爍）	sjiôk	沃	審	877-261-222						

藤堂明保陰聲韻帶輔音韻尾。

| 縞 | kô | 宵 | 見 | 744-224-205 | 縞 | kɔg | 宵 | 見 | KôG/KôK | 803-64-266 |
| 嚣 | hôk | 沃 | 匣 | 747-224-205 | | | | | | |

藤堂明保陰聲韻帶輔音韻尾。

| 超 | thiô | 宵 | 透 | 781-234-209 | 超 | tʰ̆iɔg | 宵 | 透 | TôG | 707-56-246 |
| 卓 | teôk | 沃 | 端 | 787-234-209 | 卓 | tɔk | 藥 | 端 | TôG/TôK | 714-57-248 |

藤堂明保陰聲韻帶輔音韻尾。

照 (炤)	tjiô	宵	照	831-248-216	照	tiɔg	宵	端	TôG	705-56-246
耀	jiôk	沃	喻	832-248-216						
曜	jiôk	沃	喻	833-248-216						
燿	jiôk	沃	喻	834-248-216						

3.1.14 幽覺對轉

元音對應爲 u－uk，共計 8 組。按聲轉差異細分如下表：

影母 雙聲	照母 雙聲	穿母 雙聲	日母 雙聲	明母 雙聲	精心 旁紐	幫並 旁紐	定禪 鄰紐
1	1	1	1	1	1	1	1

比較《漢字語源辭典》如下：

奧	uk	覺	影	729-221-202	奧奧	ôg	幽	影	OG/OK	632-49-230
幽	yu	幽	影	730-221-202	幽	iög	幽	影	OG/OK	624-49-229

藤堂明保陰聲韻帶輔音韻尾。

祝	tjiuk	覺	照	1399-431-309	祝 (祝)	tiok	沃	端	TOK/TOG/TO NG	457-36-193
詶	tjiu	幽	照	1401-431-309						

臭	thjiu	幽	穿	970-289-235						
殠 (㾴)	thjiu	幽	穿	971-289-235						
嗅 (齅)	thjiuk	覺	穿	972-289-235	齅嗅	hïog	幽	曉	KOG	610-47-225

輮	njiu	幽	日	978-290-236						
肉	njiuk	覺	日	982-290-236	肉	niok	沃	泥	NOG/NOK/NONG	492-39-201

目	miuk	覺	明	1421-438-312	目	mïok	沃	明	MOG/MOK	688-54-242
眸 (牟)	miu	幽	明	1422-438-312	眸	mïog	幽	明	MOG/MOK	689-54-242

| 早 | tzu | 幽 | 精 | 996-296-240 | 早 | tsôg | 幽 | 精 | TSOG | 565-44-216 |
| 夙 | suk | 覺 | 心 | 997-296-240 | 夙 | siok | 沃 | 心 | TSOG/TSOK | 545-42-211 |

| 報 | pu | 幽 | 幫 | 1015-304-244 | 報 | pôg | 幽 | 幫 | TSOG/TSOK | 667-52-237 |
| 復 | biuk | 覺 | 並 | 1016-304-244 | 复復 | p'ïok | 沃 | 滂 | TSOG/TSOK | 668-52-237 |

| 疇 | diu | 幽 | 定 | 958-284-234 | 疇 | dïog | 幽 | 定 | TOK/TOG/TONG | 453-36-193 |
| 孰 | zjiuk | 覺 | 禪 | 959-284-234 | 孰 | dhiok | 沃 | 定 | TOK/TOG/TONG | 422-34-184 |

藤堂明保陰聲韻帶輔音韻尾。

3.2　韻尾爲舌面元音-i 的韻部和韻尾爲舌尖音-t,-n 的韻部的語音對應

爲《同源字典》韻表乙類同主元音的語音對應關係，按主元音應爲三類九種：第一類：主元音爲 ə，有微物對轉、微文對轉、物文對轉；第二類：主元音爲 e，有脂質對轉、脂眞對轉、質眞對轉；第三類：主元音爲 a，有歌月對轉、歌元對轉、月元對轉。

3.2.1　微物對轉

元音對應爲 əi－ət，共計 4 組。按聲轉差異細分如下表：

見母雙聲	群母雙聲	定母雙聲	從母雙聲
1	1	1	1

比較《漢字語源辭典》如下：

覬 （覬）	kiəi	微	見	1901-592-393
忔	kiət	物	見	1904-592-393

| 幾 | giəi | 微 | 群 | 1898-591-393 |
| 肐 | giət | 物 | 群 | 1899-591-393 |

墜（隊隧磴）	diuət	物	定	2183-674-437	墜	dïuər	微	定	TUêR/TUêT/TUêN	2515-179-681
隤（頹穨）	duəi	微	定	2184-674-437	隤	duər	微	定	TUêR/TUêT/TUêN	2512-179-680

藤堂明保陰聲韻帶輔音韻尾。

崔（磪）	dzuəi	微	從	1986-613-406						
崒（卒）	dziuət	物	從	1989-613-406	卒	tsuət	物	精	TSUĘN/TSUĘT	2575-182-694

3.2.2 微文對轉

元音對應為 əi－ən，共計 5 組。按聲轉差異細分如下表：

匣母雙聲	端母雙聲	明母雙聲	見群旁紐
1	2	1	1

比較《漢字語源辭典》如下：

回	huəi	微	匣	1929-599-398	回	ɦuər	微	匣	KUêT/KUêR/KUêN	2663-188-717
運	hiuən	文	匣	1932-599-398	運	ɦïuən	文	匣	KUêT/KUêR/KUêN	2699-188-721
圂	hiuən	文	匣	1933-599-398						
沄	hiuən	文	匣	1934-599-398						

藤堂明保陰聲韻帶輔音韻尾。曉匣擬音不同。

堆	tuəi	微	端	1951-604-401						
自	tuəi	微	端	1952-604-401	自	tuər	微	端	TUêR/TUêT/TUêN	2505-179-680
墩	tuən	文	端	1953-604-401	墩	tuən	文	端	TUêR/TUêT/TUêN	2519-179-681

藤堂明保陰聲韻帶輔音韻尾。

追	tuəi	微	端	1954-605-402	追	tïuər	微	端	TUêT/TUêR/TUêN	2533-180-685
敦	tuən	文	端	1955-605-402	敦	tuən	文	端	TUêR/TUêT/TUêN	2520-179-681

藤堂明保陰聲韻帶輔音韻尾。

亹	miuəi	微	明	2011-620-410						
忞	miən	文	明	2012-620-410						

| 閔 | miən | 文 | 明 | 2013-620-410 | 閔 | mïən | 文 | 明 | MUêN | 2805-193-741 |

| 饑 | kiəi | 微 | 見 | 1894-590-393 | 饑 | kïər | 微 | 見 | KêR/KêN | 2586-183-697 |
| 饉 | giən | 文 | 群 | 1896-590-393 | 饉 | gïən | 文 | 群 | KêR/KêN | 2595-183-698 |

藤堂明保陰聲韻帶輔音韻尾。

3.2.3　物文對轉

元音對應爲 ət－ən，共計 10 組。按聲轉差異細分如下表：

影母雙聲	匣母雙聲	透母雙聲	定母雙聲	來母雙聲	溪群旁紐	山精鄰紐	禪心鄰紐
3	1	1	1	1	1	1	1

比較《漢字語源辭典》如下：

鬱	iuət	物	影	2251-698-448	鬱	ïuət	物	影	KUêR/KUêT	2647-187-710
薀（蘊）	iuən	文	影	2254-698-448	蘊	ïuən	文	影	KUêR/KUêT	2658-187-712
韞	iuən	文	影	2255-698-448						

| 薆 | ət | 物 | 影 | 2258-699-449 | | | | | | |
| 隱 | iən | 文 | 影 | 2265-699-449 | 隱（隱） | ïən | 文 | 影 | êR/êN | 2605-184-701 |

鬱	iuət	物	影	2266-700-450	鬱	ïuət	物	影	KUêR/KUêT	2647-187-710
溫	uən	文	影	2267-700-450	溫	uən	文	影	KUêR/KUêT	2656-187-711
熅	iuən	文	影	2268-700-450	熅	ïuən	文	影	KUêR/KUêT	2655-187-711

| 謂 | hiuət | 物 | 匣 | 2301-712-456 |
| 雲 | hiuən | 文 | 匣 | 2302-712-456 |

| 退（復彷） | thuət | 物 | 透 | 2306-714-457 | 退 | tʼuəd | 隊 | 透 | TUêT/TUêD | 2498-178-676 |
| 褪 | thuən | 文 | 透 | 2307-714-457 | | | | | | |

藤堂明保乙類隊祭至帶-d 尾。

| 脂 | duət | 物 | 定 | 2308-715-457 | | | | |
| 豚 | duən | 文 | 定 | 2309-715-457 | 豚 | duən | 文 定 | TUÊR/TUÊT/TUÊN | 2516-179-681 |

| 類 | liuət | 物 | 來 | 2315-717-459 | 類 | lïuər | 微 來 | LUÊR/LUÊT/LUÊN | 2550-181-689 |
| 倫 | liuən | 文 | 來 | 2316-717-459 | 倫 | lïuən | 文 來 | LUÊR/LUÊT/LUÊN | 2552-181-689 |

藤堂明保陰聲韻帶輔音韻尾。

| 匱 | giuət | 物 | 群 | 2287-706-454 | 匱 | gïuəd | 隊 群 | KUÊT/KUÊR/KUÊN | 2679-188-719 |
| 困 | khuən | 文 | 溪 | 2288-706-454 | 困 | kʻuən | 文 溪 | KUÊT/KUÊR/KUÊN | 2695-188-721 |

藤堂明保乙類隊祭至帶-d 尾。

| 率（達） | shiuət | 物 | 山 | 2332-721-462 | 率 | sïuət | 物 心 | TSUÊN/TSUÊT | 2573-182-694 |
| 遵 | tziuən | 文 | 精 | 2333-721-462 | 遵 | tsiuən | 文 精 | TSUẸN/TSUÊT | 2562-182-693 |

| 純 | zjiuən | 文 | 禪 | 2652-824-518 | 純 | dhiuən | 文 定 | TUÊR/TUÊT/TUÊN | 2504-179-680 |
| 粹（粋） | siuət | 物 | 心 | 2653-824-518 | 粹（粋） | tsʻiuəd | 隊 清 | TSUÊN/TSUÊT | 2576-182-694 |

藤堂明保乙類隊祭至帶-d 尾。

3.2.4 脂質對轉

元音對應爲 ei－et，共計 14 組。按聲轉差異細分如下表：

見母雙聲	泥母雙聲	照母雙聲	從母雙聲	心母雙聲	滂母雙聲	端照準雙聲	端定旁紐	精心旁紐	幫明旁紐	透心鄰紐	定審鄰紐	審心鄰紐
2	1	1	1	1	1	1	1	1	1	1	1	1

比較《漢字語源辭典》如下：

| 稽 | kei | 脂 | 見 | 同 2021-621-411 |
| 稽（秄） | ket | 質 | 見 | 同 2022-621-411 |

笄	kyei	脂	見	2025-623-412					
結	kyet	質	見	2026-623-412	結	ket	質	見	KET/KER/KEN	3000-204-786
髻 (結)	kyet	質	見	2027-623-412	結	ket	質	見	KET/KER/KEN	3000-204-786

暱 (昵)	niet	質	泥	2375-735-470	昵	nïet	質	泥	NER/NET/NEN	2895-198-761
尼	niei	脂	泥	2378-735-470	尼	nïer	脂	泥	NER/NET/NEN	2894-198-761

藤堂明保陰聲韻帶輔音韻尾。

厎 (底)	tjiei	脂	照	2052-630-416	砥底	tier	脂	端	TER	2854-195-752
至	tjiet	質	照	2053-630-416	至	tied	至	端	TER/TET/TEN	2828-194-747

藤堂明保陰聲韻帶輔音韻尾。藤堂明保乙類隊祭至帶-d尾。

疾	dziet	質	從	2399-744-474	疾	dziet	質	從	TSET/TSER/TSEN	2986-203-783
齊	dzyei	脂	從	2400-744-474	齊 (齐)	dzer	脂	從	TSER	2939-201-772
齍	dzyei	脂	從	2401-744-474						

藤堂明保陰聲韻帶輔音韻尾。

細	syei	脂	心	2111-650-426	細	ser	脂	心	SER/SEN	2913-199-765
屑	syet	質	心	2112-650-426	屑	set	質	心	TSET/TSER/TSEN	2972-202-779
糏	syet	質	心	2113-650-426						

藤堂明保陰聲韻帶輔音韻尾。

媲	phiei	脂	滂	2117-651-426						
匹	phiet	質	滂	2120-651-426	匹	p'iet	質	滂	PER/PET/PEN	2930-200-769

砥 (底)	tyei	脂	端	2058-632-417	砥底	tier	脂	端	TER	2854-195-752
礩	tjiet	質	照	2059-632-417						
櫍	tjiet	質	照	2060-632-417						

藤堂明保陰聲韻帶輔音韻尾。

薾	tiei	脂	端	2041-628-415
緻	diet	質	定	2043-628-415

恣	tziei	脂	精	2099-645-424	恣	tsiěr	脂	精	TSER	2953-201-774
肆	siet	質	心	2100-645-424						

藤堂明保陰聲韻帶輔音韻尾。

比	piei	脂	幫	2121-652-427	比	pier	脂	幫	PER/PET/PEN	2918-200-768
密	miet	質	明	2122-652-427	密	mïet	質	明	PER/PET/PEN	2928-200-769

藤堂明保陰聲韻帶輔音韻尾。

涕	thyei	脂	透	2061-633-418	涕	t'er	脂	透	TER	2863-195-753
泗	siet	質	心	2064-633-418						

藤堂明保陰聲韻帶輔音韻尾。

豕	sjiei	脂	審	2092-643-423	豕	their		透	TER	2849-195-752
彘	diet	質	定	2094-643-423						

豕	sjiei	脂	審	2092-643-423	豕	their		透	TER	2849-195-752
聿	siet	質	心	2096-643-423						

3.2.5　脂眞對轉

元音對應爲 ei－en，共計 6 組。按聲轉差異細分如下表：

見母雙聲	明母雙聲	見溪旁紐	幫並旁紐	定審鄰紐
1	1	1	1	1

比較《漢字語源辭典》如下：

堅	kyen	眞	見	1608-495-341	堅	ken	眞	見	KET/KER/KEN	3010-204-788
鏗（鏗）	kyei	脂	見	1613-495-341						

楣	miei	脂	明	2129-655-428
檽	myen	眞	明	2132-655-428

堅	kyen	眞	見	1608-495-341	堅	ken	眞	見	KET/KER/KEN	3010-204-788
鍇	khei	脂	溪	1612-495-341						

比	piei	脂	幫	2124-653-427	比	pier	脂	幫	PER/PET/PEN	2918-200-768
頻	bien	眞	並	2125-653-427	頻	bien	眞	並	PER/PET/PEN	2935-200-769

藤堂明保陰聲韻帶輔音韻尾。

陳 （陙）	dien	眞	定	2716-843-530	陳	dïen	眞	定	TEN	2886-197-758
屍	sjiei	脂	審	2719-843-530	屍	their		透	TER	2846-195-751

3.2.6　質眞對轉

元音對應爲 et－en，共計 4 組。按聲轉差異細分如下表：

影母雙聲	端定旁紐	從邪旁紐	照莊鄰紐
1	1	1	1

比較《漢字語源辭典》如下：

咽	yen	眞	影	1168-345-268	咽	et	質	影	KET/KER/KEN	3005-204-787
噎 （饐）	yet	質	影	1170-345-268	噎	et	質	影	KET/KER/KEN	3004-204-787
咽	yet	質	影	1171-345-268	咽	et	質	影	KET/KER/KEN	3005-204-787
喞	yet	質	影	1172-345-268						
歐	yet	質	影	1173-345-268						

跌	dyet	質	定	2369-733-468	跌	det	質	定	TEN/TET	2878-196-756
胅	dyet	質	定	2370-733-468						
顚 （趈）	tyen	眞	端	2371-733-468	顚	ten	眞	端	TER/TET/TEN	2815-194-745
槇	tyen	眞	端	2372-733-468						

疾	dʑiet	質	從	2399-744-474	疾	dʑiet	質	從	TSET/TSER/TSEN	2986-203-783
徇 （侚）	ziuen	眞	邪	2402-744-474						

| 至 | tjiet | 質 | 照 | 2053-630-416 | 至 | tied | 至 | 端 | TER/TET/TEN | 2828-194-747 |
| 臻 | tzhen | 眞 | 莊 | 2055-630-416 | 臻 | tsïen | 眞 | 精 | TSET/TSER/TSEN | 2993-203-783 |

3.2.7 歌月對轉

元音對應爲 ai－at，共計 9 組。按聲轉差異細分如下表：

見母雙聲	匣母雙聲	定母雙聲	審母雙聲	明母雙聲	端照準雙聲	透喻鄰紐
3	1	1	1	1	1	1

比較《漢字語源辭典》如下：

| 个(箇個) | kai | 歌 | 見 | 2143-660-430 | 箇 | kag | 魚 | 見 | KAG/KAK/KANG | 1342-101-390 |
| 介 | keat | 月 | 見 | 2144-660-430 | 介 | kăd | 祭 | 見 | KAT/KAD/KAN | 2206-164-605 |

藤堂明保陰聲韻帶輔音韻尾。藤堂明保乙類隊祭至帶-d尾。

| 加 | keai | 歌 | 見 | 2147-662-431 | 加 | kăr | 歌 | 見 | KAR/KAT/KAN | 2130-160-586 |
| 蓋 | kat | 月 | 見 | 2151-662-431 | 蓋 | kad | 祭 | 見 | KAT/KAN | 2189-163-599 |

藤堂明保乙類隊祭至帶-d尾。

| 痂 | keai | 歌 | 見 | 2152-663-432 |
| 疥 | keat | 月 | 見 | 2153-663-432 |

| 何 | hai | 歌 | 匣 | 2170-670-435 | 何 | ɦar | 歌 | 匣 | KAR/KAT | 2113-159-581 |
| 曷(害) | hat | 月 | 匣 | 2171-670-435 | 曷 | ɦat | 月 | 匣 | KAR/KAT | 2125-159-583 |

藤堂明保陰聲韻帶輔音韻尾。曉匣擬音不同。

| 扡(拖) | dai | 歌 | 定 | 2486-768-489 | 扡 | tʻar | 歌 | 透 | TAR/TAT/TAN | 1917-142-531 |
| 奪(敓) | duat | 月 | 定 | 2487-768-489 | 奪 | duat | 月 | 端 | TUAT/TUAD | 2002-147-549 |

藤堂明保陰聲韻帶輔音韻尾。

| 施 | sjiai | 歌 | 審 | 2196-680-439 |
| 設 | sjiat | 月 | 審 | 2197-680-439 |

靡	miai	歌	明	576-178-178					
蔑	miat	月	明	577-178-178	蔑	mät	月	明	MAT/MAN	2482-177-670

箠 (棰)	tjiuai	歌	照	1957-606-402	箠	tiuǎr	歌	端	TUAR/TUAN	1967-145-544
錣	tiuat	月	端	1963-606-402					

藤堂明保陰聲韻帶輔音韻尾。

曳	jiat	月	喻	2744-852-535	曳	ḍiad	祭	澄	TAR/TAT/TAN	1931-142-533
扡(拖 拖)	thai	歌	透	2746-852-535	扡	t'ar	歌	透	TAR/TAT/TAN	1917-142-531

藤堂明保陰聲韻帶輔音韻尾。藤堂明保乙類隊祭至帶-d尾。

3.2.8 歌元對轉

元音對應爲 ai－an，共計 10 組。按聲轉差異細分如下表：

影母 雙聲	疑母 雙聲	泥母 雙聲	日母 雙聲	喻母 雙聲	精母 雙聲	幫母 雙聲	見溪 旁紐	床清 準旁紐
2	1	1	1	1	1	1	1	1

比較《漢字語源辭典》如下：

委	iuai	歌	影	262-82-122	委	ïuǎr	歌	影	KUAR/KUAN	2245-166-618
逶	iuai	歌	影	263-82-122					
冤	iuan	元	影	264-82-122	冤	ïuǎr	元	影	KUAR/KUAN	2268-166-620
宛	iuan	元	影	265-82-122	宛	ïuǎr	元	影	KUAR/KUAN	2270-166-620
蜿	iuan	元	影	266-82-122					
婉	iuan	元	影	267-82-122	婉	ïuǎr	元	影	KUAR/KUAN	2275-166-621
媛	iuan	元	影	268-82-122					
娿	iuan	元	影	269-82-122					
夗	iuan	元	影	270-82-122	夗	ïuǎr	元	影	KUAR/KUAN	2269-166-620
琬	iuan	元	影	271-82-122					

藤堂明保陰聲韻帶輔音韻尾。

蔫 (殤)	ian	元	影	2814-870-547					
萎 (委)	iuai	歌	影	2816-870-547	萎	ïuǎr	歌	影	KUAR/KUAN	2246-166-618

藤堂明保陰聲韻帶輔音韻尾。

鵝 (鵞)	ngai	歌	疑	2160-666-433	鵝	ŋar	歌	疑		2157-161-591
鴈	ngean	元	疑	2161-666-433	鴈	ŋăn	元	疑		2173-161-593
雁	ngean	元	疑	2162-666-433	雁	ŋăn	元	疑		2170-161-593

藤堂明保陰聲韻帶輔音韻尾。

偄	nuan	元	泥	2955-915-571	偄	nuau		泥	NUAN	2040-152-560
儒 (愞)	nuai	歌	泥	2956-915-571	儒	niug	侯	泥	NUG/NUK/NU NG	945-72-294

然	njian	元	日	458-140-156	然	nian	元	泥	NAN/NAT	2031-151-558
爾	njiai	歌	日	459-140-156	爾	nier	脂	泥	NER/NET/NEN	2891-198-761

延	jian	元	喻	2960-916-572	延	ḍian	元	澄	TAR/TAT/TAN	1925-142-532
施	jiai	歌	喻	2961-916-572						
移	jiai	歌	喻	2962-916-572	移	ḍiăr	歌	澄	TAR/TAT/TAN	1914-142-531

舌音差別。

佐	tzai	歌	精	2213-685-441	佐	tsar	歌	精	TSAR/TSAT/T SAN	2043-153-563
贊	tzan	元	精	2214-685-441	贊 賛	tsan	元	精	TSAR/TSAT/T SAN	2054-153-564

藤堂明保陰聲韻帶輔音韻尾。

陂	piai	歌	幫	2225-689-444	陂 坡	pʻuar	歌	滂	PAR/PAD/PAN	2442-174-660
阪 (坂)	piuan	元	幫	2227-689-444	阪 坂	buăn	元	並	PAR/PAD/PAN	2445-174-661

藤堂明保陰聲韻帶輔音韻尾。

窾 (款)	khuan	元	溪	同 1812-562-377
鍋	kuai	歌	見	同 1813-562-377

剒	tsuai	歌	清	同 2217-686-442
鑡 （鍘）	ʤhean	元	床	同 2219-686-442

3.2.9　月元對轉

元音對應爲 at－an，共計 27 組。按聲轉差異細分如下表：

影母雙聲	見母雙聲	溪母雙聲	群母雙聲	匣母雙聲	定母雙聲	來母雙聲	日母雙聲	山母雙聲	精母雙聲	心母雙聲	並母雙聲	明母雙聲	端定旁紐	透來旁紐	清從旁紐	滂並旁紐	明來鄰紐	定從鄰紐
3	1	1	1	1	1	1	1	1	2	3	2	2	2	1	1	1	1	1

比較《漢字語源辭典》如下：

遏	at	月	影	2413-749-477	遏	at	月	影	KAR/KAT	2124-159-582
閼	at	月	影	2414-749-477						
堨	at	月	影	2415-749-477						
按	an	元	影	2416-749-477						
堰	ian	元	影	2417-749-477						

菀	iuan	元	影	2256-698-448
薈	uat	月	影	2257-698-448

燕	ian	元	影	2791-863-544
乞 （氣）	eat	月	影	2792-863-544

羯	kiat	月	見	2438-752-481
犍（犗 劇）	kian	元	見	2439-752-481

寬	khuan	元	溪	1638-500-347					
闊	khuat	月	溪	1639-500-347	闊	kʻuat	月	溪	KUAR/KUAN/ KUAT	2312-167-629

健	gian	元	群	1603-495-341	健	kïǎn	元	見	KAR/KAT/KAN	2153-160-588

偈	giat	月	群	1616-495-341					

害	hat	月	匣	2466-762-487	害	ħad	祭	匣	KAT/KAN	2187-163-599
患	hoan	元	匣	2467-762-487	患	ħuǎn	元	匣	KUAN	2354-170-642

藤堂明保乙類隊祭至帶-d尾。曉匣擬音不同。

大	dat	月	定	2488-769-490	大	dad	祭	定	TAT/TAR/TAN	1903-141-527
誕	dan	元	定	2491-769-490	誕	dan	元	定	TAN	1941-143-535

藤堂明保乙類隊祭至帶-d尾。

賴	lat	月	來	2494-771-491					
嬾（懶）	lan	元	來	2495-771-491	嬾	lan	元	來	LAT/LAD/LAN	2023-149-554

蓺（焫）	njiuat	月	日	2510-778-494					
然（燃蘰燕爨）	njian	元	日	2511-778-494	然	nian	元	泥	NAN/NAT	2031-151-558

刷	shoat	月	山	2518-782-495	刷	suǎt	月	心	SUAT	2086-156-573
馭	shoat	月	山	2519-782-495	馭	sïuat	月	心	SUAT	2085-156-573
涮	shoan	元	山	2520-782-495	涮	suǎn	元	心	SUAT	2087-156-573

最	tzuat	月	精	2521-783-496					
纂	tzuan	元	精	2524-783-496	纂	tsuan	元	精	TSUAN	漢 2091-157-575

薦	tzian	元	精	2765-855-539	薦	tsian	元	精	TSAN	2080-155-572
祭	tziat	月	精	2766-855-539	祭	tsʼiad	祭	清	TSAR/TSAT/TSAN	2050-153-563

雪（霅）	siuat	月	心	2530-785-498	雪	siuat	月	心	SUAT	2084-156-573
霰（霓）	sian	元	心	2531-785-498	霰	sän	元	心	SAR/SAT/SAN	2062-154-567

散（橵）	san	元	心	2997-928-578					
㪔	sat	月	心	2998-928-578					
撒	sat	月	心	2999-928-578					

躠（薛）	siat	月	心	2549-790-500					
跚（姍散）	san	元	心	2550-790-500	散	san	元	心	SAR/SAT/SAN	2060-154-567
蹮（躚鮮）	sian	元	心	2551-790-500	鮮	sian	元	心	SAR/SAT/SAN	2066-154-568

蹩（弊）	biat	月	並	2544-790-500	蹩	bät	月	並	PAR/PAD/PAN	2455-174-662
跋	buat	月	並	2545-790-500	跋	buat	月	並	PAT/PAD/PAN	2391-172-651
蹣（槃媻）	buan	元	並	2546-790-500	槃盤	buan	元	並	PAN	2417-173-656

別（刐）	biat	月	並	2679-831-523	別	bïat	月	並	PAT/PAD/PAN	2382-172-651
辨（辯）	bian	元	並	2680-831-523	辨	băn	元	並	PAT/PAD/PAN	2411-172-653

慢	mean	元	明	3028-938-583	慢	muăn	元	明	MAN	2465-176-666
蔑	miat	月	明	3030-938-583	蔑	mät	月	明	MAT/MAN	2482-177-670
懱	miat	月	明	3031-938-583					

末	muat	月	明	2554-792-501	末	muat	月	明	MAT/MAN	2477-177-669
糯	muat	月	明	2555-792-501					
蘇	muat	月	明	2556-792-501					
麵	mian	元	明	2557-792-501					

憚	dan	元	定	2916-904-565	憚	dan	元	定	TAN	1952-144-538
怛	tat	月	端	2917-904-565					

| 憚 | dan | 元 | 定 | 2946-913-570 | 憚 | dan | 元 | 定 | TAN | 1952-144-538 |
| 怛 | tat | 月 | 端 | 2947-913-570 | | | | | | |

| 灘 | than | 元 | 透 | 2976-920-574 |
| 瀨 | lat | 月 | 來 | 2977-920-574 |

撮	tsuat	月	清	2522-783-496
攢	ʣuan	元	從	2526-783-496
欑	ʣuan	元	從	2527-783-496

| 判
(牉) | phuan | 元 | 滂 | 2674-831-523 | 判 | pʻuan | 元 | 滂 | PAT/PAD/PAN | 2400-172-652 |
| 別
(㓥) | biat | 月 | 並 | 2679-831-523 | 別 | bïat | 月 | 並 | PAT/PAD/PAN | 2382-172-651 |

| 勉 | mian | 元 | 明 | 2016-620-410 | 勉 | mïən | 文 | 明 | MUÊN | 2810-193-741 |
| 勵 | liat | 月 | 來 | 2019-620-410 | 勵
(励) | liad | 祭 | 來 | LAT/LAD | 2010-148-551 |

藤堂明保乙類隊祭至帶-d 尾。

| 斷
(斷) | duan | 元 | 定 | 2925-907-567 | 斷
(斷) | du
an | 元 | 定 | TUAR/TUAN | 1988-145-546 |
| 絕 | ʣiuat | 月 | 從 | 2929-907-567 | | | | | | |

3.3 韻尾爲唇音-p 的韻部和韻尾爲唇音-m 的韻部的語音對應

此類爲《同源字典》韻表丙類主元音相同韻部之間的對轉關係，有兩類，主元音爲 ə 的緝侵對轉和主元音爲 a 的盍談對轉。

3.3.1 緝侵對轉

元音對應爲 əp－əm，共計 4 組。按聲轉差異細分如下表：

照母雙聲	禪母雙聲	照穿旁紐	清邪旁紐
1	1	1	1

比較《漢字語源辭典》如下：

汁	tjiəp	緝	照	3084-953-593	汁	tiəp	緝	端	TÊP/TÊM	3027-205-794
斟	tjiəm	侵	照	3085-953-593	斟	tiəm	侵	端	TÊP/TÊM	3026-205-794

什麼	zjiəp-mo	緝	禪	3092-956-594						
甚	zjiəm	侵	禪	3093-956-594	甚	dhiəm	侵	定	TÊP/TÊM	3024-205-794

汁	tjiəp	緝	照	3084-953-593	汁	tiəp	緝	端	TÊP/TÊM	3027-205-794
瀋	thjiəm	侵	穿	3086-953-593						

侵	tsiəm	侵	清	3253-1001-617	侵	tsʼəm	侵	清	TSÊM/SÊP	3076-209-809
襲	ziəp	緝	邪	3254-1001-617	襲	ɖiəp	緝	澄	TÊP/TÊM	3043-206-799

藤堂明保無邪母。

3.3.2　盍談對轉

元音對應爲 ap－am，共計 5 組。按聲轉差異細分如下表：

匣母雙聲	端母雙聲	見溪旁紐	端透旁紐
2	1	1	1

比較《漢字語源辭典》如下：

匣（柙）	heap	盍	匣	3126-964-598	匣	ɦăp	葉	匣	KAP/KAM	3261-219-857
函	ham	談	匣	3127-964-598	函	ɦạm	談	匣	KAP/KAM	3272-219-858

曉匣擬音不同。

柙	heap	盍	匣	3131-966-599	柙	ɦăp	葉	匣	KAP/KAM	3260-219-857
檻	heam	談	匣	3132-966-599	檻	kăm	談	見	KAP/KAM	3271-219-858
艦	heam	談	匣	3133-966-599						

曉匣擬音不同。

耴	tiap	盍	端	3134-967-600	耴	tïap	葉	端	KAP/KAM	3173-213-834
玷	tyam	談	端	3135-967-600						

篋	khyap	盍	溪	3122-964-598					
匧	khyap	盍	溪	3123-964-598					
緘	keam	談	見	3124-964-598	緘	kə̌m	侵	見	KêP/KêM	3149-211-824

銸	tiap	盍	端	3136-968-600					
鉆	thiam	談	透	3137-968-600					

第四章　旁轉關係同源詞比較

　　旁轉在語音關係上爲同類韻部，元音相近，韻尾相同（或無韻尾），其語音關係細分爲兩大類，一類爲元音相近，韻尾相同，另一類爲元音相近，無韻尾。前者爲甲類的入聲韻和陽聲韻、乙類、丙類，後者爲甲類的陰聲韻。

4.1　韻尾相同

　　元音相近，韻尾相同的旁轉關係可細分爲七類 32 種，第一類：甲類入聲韻（-k 尾）：職錫旁轉、職鐸旁轉、職屋旁轉、職沃旁轉、職覺旁轉、錫鐸旁轉、錫屋旁轉、錫沃旁轉、錫覺旁轉、鐸屋旁轉、鐸沃旁轉、鐸覺旁轉、屋沃旁轉、屋覺旁轉、沃覺旁轉；第二類：甲類陽聲韻（-ng 尾）：蒸耕旁轉、蒸陽旁轉、蒸東旁轉、耕陽旁轉、耕東旁轉、陽東旁轉；第三類：乙類陰聲韻（-i 尾）：微脂旁轉、微歌旁轉、脂歌旁轉；第四類：乙類入聲韻（-t 尾）：物質旁轉、物月旁轉、質月旁轉；第五類：乙類陽聲韻（-n 尾）：文眞旁轉、文元旁轉、眞元旁轉；第六類：丙類入聲韻（-p 尾）：緝盍旁轉；第七類：丙類陽聲韻（-m 尾）：侵談旁轉。

4.1.1　甲類入聲韻（-k 尾）

　　此類有 15 種旁轉，《同源字典》無錫覺旁轉和鐸覺旁轉。其餘十三種均有出現。

4.1.1.1　職錫旁轉

共計 5 組。按聲轉差異細分如下表：

定母雙聲	照母雙聲	幫母雙聲	滂母雙聲	見匣旁紐
1	1	1	1	1

比較《漢字語源辭典》如下：

代	dək	職	定	1098-324-256	代	dəg	之	定	TêK/TêG/TêNG	73-9-92
遞	dyek	錫	定	1099-324-256	遞	deg	支	定	DEK/DEG/DENG	1635-119-458

置	tjiək	職	照	1106-327-257						
寘	tjiek	錫	照	1108-327-257	寘	tiĕr	脂	端	TER/TET/TEN	2814-194-745

偪（逼）	piək	職	幫	1140-337-264	逼偪	pïək	職	幫	PêG/PêK/PêNG	312-27-154
擗	pyek	錫	幫	1143-337-264						

副（畐）	phiuək	職	滂	133-44-102	副	pʻuïək	職	滂	PêK/PêG/PêNG	327-28-158
劈（薜）	phyek	錫	滂	135-44-102	劈	pʻek	錫	滂	PEK/PENG	1873-139-518

靮（革）	kək	職	見	1065-314-251	革	kăk	職	見	KêK/KêNG	216-21-131
翮	hek	錫	匣	1066-314-251						

4.1.1.2　職鐸旁轉

共計 3 組。按聲轉差異細分如下表：

見母雙聲	幫母雙聲	見溪旁紐
1	1	1

比較《漢字語源辭典》如下：

核	kək	職	見	1055-312-249	核	ĥăk	職	匣	KêK/KêNG	226-21-132
骼（胳）	keak	鐸	見	1058-312-249						

偪 （逼）	piək	職	幫	1140-337-264	逼 偪	pïək	職	幫	PêG/PêK/PêNG	312-27-154
迫	peak	鐸	幫	1141-337-264	迫	păk	鐸	幫	PêG/PêK/PêNG	1548-115-437

革	kək	職	見	1051-311-249	革	kŏk	職	見	KêK/KêNG	216-21-131
鞾 （鞹）	khuak	鐸	溪	1052-311-249						

4.1.1.3　職屋旁轉

共計 3 組。按聲轉差異細分如下表：

定母雙聲	滂並旁紐
2	1

比較《漢字語源辭典》如下：

獨	dok	屋	定	1333-405-297						
特	dək	職	定	1334-405-297	特	t'ək	職	透	TEK	71-8-90

犢	dok	屋	定	1335-406-297						
特	dək	職	定	1336-406-297	特	t'ək	職	透	TEK	71-8-90

踣	bək	職	並	1150-341-265						
僕	phiok	屋	滂	1151-341-265	僕	p'ug	侯	滂	PUK	1061-79-318

4.1.1.4　職沃旁轉

共計 1 組。按聲轉差異細分如下表：

見母雙聲
1

比較《漢字語源辭典》如下：

核	kək	職	見	1055-312-249	核	ĥək	職	匣	KêK/KêNG	226-21-132
覈	keôk	沃	見	1057-312-249	覈	ĥŏk	藥	匣	KôG/KôK	812-64-267

4.1.1.5　職覺旁轉

共計 2 組。按聲轉差異細分如下表：

影母雙聲	滂並旁紐
1	1

比較《漢字語源辭典》如下：

鬱	iuək	職	影	2269-700-450
燠	iuk	覺	影	2270-700-450

伏	biuək	職	並	1153-341-265	伏	bïuək	職	並	PÊG/PÊK/PÊNG	306-27-153
覆	phiuk	覺	滂	1154-341-265	覆	pïok	沃	滂	POG/POK	644-51-234

4.1.1.6　錫鐸旁轉

共計 1 組。按聲轉差異細分如下表：

初清準雙聲
1

比較《漢字語源辭典》如下：

刺	tsiek	錫	清	1202-359-275	刺	tsʻieg	支	清	TSEK/TSEG/TSENG	1731-127-485
簎	tsheak	鐸	初	1207-359-275						
猎（措）	tsheak	鐸	初	1208-359-275	猎	tsʻăk	鐸	清	TSAK/TSAG/TSANG	1288-97-374

4.1.1.7　錫屋旁轉

共計 2 組。按聲轉差異細分如下表：

影母雙聲	來母雙聲
1	1

比較《漢字語源辭典》如下：

搤	ek	錫	影	1164-344-267	搤	ĕk	錫	影	EK	1810-136-504
握	eok	屋	影	1165-344-267						

漉	lok	屋	來	438-135-152						
瀝	lyek	錫	來	439-135-152	瀝	lek	錫	來	LENG/LEK	1723-125-480

4.1.1.8　錫沃旁轉

共計 2 組。按聲轉差異細分如下表：

透母雙聲	見群旁紐
1	1

比較《漢字語源辭典》如下：

逴	theôk	沃	透	797-235-211					
踔	theôk	沃	透	798-235-211	踔	tʼɔk	藥	透	TôG/TôK	715-57-248
趠	theôk	沃	透	799-235-211					
逖（逿狄）	thyek	錫	透	800-235-211					

屐	giek	錫	群	1179-348-270
屩	kiôk	沃	見	1180-348-270

4.1.1.9　鐸屋旁轉

共計 4 組。按聲轉差異細分如下表：

見母雙聲	透母雙聲	定母雙聲	見曉旁紐
1	1	1	1

比較《漢字語源辭典》如下：

戟	kyak	鐸	見	302-92-130					
拘（拘）	kiok	屋	見	304-92-130	拘	kïuk	屋	見	KUK/KUG/KUNG	1024-75-310

亍	thiok	屋	透	185-60-109
辵（躇）	thiak	鐸	透	187-60-109

髑髏	dok-lo	屋	定	640-193-190
顱	dak-la	鐸	定	641-193-190

壑（叡）	xak	鐸	曉	1233-369-280					
谷	kok	屋	見	1234-369-280	谷	kuk	屋	見	KUG/KUK/KUNG	989-74-305

4.1.1.10　鐸沃旁轉

共計 1 組。按聲轉差異細分如下表：

照母雙聲
1

比較《漢字語源辭典》如下：

炙	tjyak	鐸	照	1271-380-286	炙	tiǎg	魚	端	TAG/TAK	1122-83-332
灼	tjiôk	沃	照	1272-380-286	灼	tiak	鐸	端	TAG/TAK	1126-83-332

4.1.1.11　屋沃旁轉

共計 2 組。按聲轉差異細分如下表：

見母雙聲	定心鄰紐
1	1

比較《漢字語源辭典》如下：

角	keok	屋	見	1314-398-294	角	kŭk	屋	見	KUK	1037-76-312
較 (校)	keôk	沃	見	1315-398-294	較	kɔ̆g	宵	見	KôG/KôK	823-65-269

濯	diôk	沃	定	1365-417-302	濯	dɔ̆k	藥	定	TôG/TôK	718-57-249
涑 (漱)	sok	屋	心	1367-417-302						

4.1.1.12　屋覺旁轉

共計 1 組。按聲轉差異細分如下表：

喻母雙聲
1

比較《漢字語源辭典》如下：

鬻 (粥)	jiuk	覺	喻	1404-432-310	粥 鬻	tiok	沃	端	TOK/TOG/TONG	420-34-184
賣	jiok	屋	喻	1405-432-310						
儥	jiok	屋	喻	1406-432-310						

4.1.1.13　沃覺旁轉

共計 3 組。按聲轉差異細分如下表：

定母雙聲	泥母雙聲	端穿鄰紐
1	1	1

比較《漢字語源辭典》如下：

濯	diôk	沃	定	1365-417-302	濯	dŏk	藥	定	TôG/TôK	718-57-249
滌	dyuk	覺	定	1366-417-302	滌	dök	沃	定	TOK/TOG/TONG	460-36-193

怒	nyuk	覺	泥	1397-430-308
惄	nyôk	沃	泥	1398-430-308

弔	tyôk	沃	端	1359-415-301	弔	tög	幽	端	TOK/TOG	483-38-198
俶	thjiuk	覺	穿	1360-415-301						

4.1.2　甲類陽聲韻（-ng 尾）

此類有 6 種旁轉，《同源字典》無蒸陽旁轉。其餘五種均有出現。

4.1.2.1　蒸耕旁轉

共計 1 組。按聲轉差異細分如下表：

端母雙聲
1

比較《漢字語源辭典》如下：

鐙 （燈）	təng	蒸	端	1430-441-313
錠	tyeng	耕	端	1431-441-313

4.1.2.2　蒸東旁轉

共計 2 組。按聲轉差異細分如下表：

來母雙聲	幫母雙聲
1	1

比較《漢字語源辭典》如下：

陵	liəng	蒸	來	1435-443-314	陵	liəŋ	蒸	來	LêK/LêNG	124-12-103
隴	liong	東	來	1437-443-314						

堋 （塴）	pəng	蒸	幫	3268-1005-620						
封	piong	東	幫	3269-1005-620	封	pïuŋ	東	幫	PUG/PUNG	1013-80-322

王力多侵合併。

4.1.2.3 耕陽旁轉

共計 13 組。按聲轉差異細分如下表：

影母雙聲	見母雙聲	群母雙聲	曉母雙聲	匣母雙聲	端母雙聲	定母雙聲	來母雙聲	清母雙聲	心母雙聲	見群旁紐
2	2	1	1	1	1	1	1	1	1	1

比較《漢字語源辭典》如下：

嫈(嫈)	eng	耕	影	1459-453-319					
盎	ang	陽	影	1461-453-319	盎	aŋ	陽	影	AG/AK/ANG	1422-106-407

嬰(賏)	ieng	耕	影	1463-454-319	嬰	i（u）eŋ	耕	影	KUEK/KUENG	1846-138-513
紻	iang	陽	影	1466-454-319					
鞅	iang	陽	影	1467-454-319					

經	kyeng	耕	見	1468-455-320	經(経)	keŋ	耕	見	KENG	1789-133-498
綱	kang	陽	見	1469-455-320					

頸	kieng	耕	見	1474-457-321	頸(頚)	kieŋ	耕	見	KENG	1792-133-499
亢(吭肮)	kang	陽	見	1475-457-321	亢	k'aŋ	陽	溪	KAG/KAK/KANG	1356-101-391

強(彊)	giang	陽	群	1599-495-341	強	gïaŋ	陽	群	KANG	1375-103-396
痙	gieng	耕	群	1607-495-341	痙	gieŋ	耕	群	KENG	1795-133-499

馨	xyeng	耕	曉	1486-460-323					
香	xiang	陽	曉	1487-460-323	香	hïaŋ	陽	曉	HANG	1402-105-403
薌	xiang	陽	曉	1488-460-323					

曉匣擬音不同。

脛	hyeng	耕	匣	1479-457-321	脛	gieŋ	耕	群	KENG	1793-133-499
胻	heang	陽	匣	1480-457-321						

丁	tyeng	耕	端	1495-463-324	丁	teŋ	耕	端	TENG	1674-122-469
當	tang	陽	端	1497-463-324	當（当）	taŋ	陽	端	TANG	1193-89-352

梃	dyeng	耕	定	1518-470-328	梃	deŋ	耕	定	TEK/TEG/TENG	1667-120-465
杖	diang	陽	定	1523-470-328	杖	dïaŋ	陽	定	TANG	1188-88-349

冷	leng	耕	來	1526-471-329	冷	lĕŋ	耕	來	LENG/LEK/LEG	1701-124-477
涼	liang	陽	來	1527-471-329						

青	tsyeng	耕	清	1569-487-335	靑（青）	ts'eŋ	耕	清	TSENG	1749-129-490
蒼	tsang	陽	清	1571-487-335	蒼	ts'aŋ	陽	精	TSANG	1300-98-377

省	sieng	耕	心	1577-489-337	省	sieŋ	耕	心	SENG/SEK/SEG	1724-126-482
相	siang	陽	心	1578-489-337	相	siaŋ	陽	心	SAG/SAK/SANG	1276-96-371

勁	kieng	耕	見	1604-495-341	勁	kieŋ	耕	見	KENG	1796-133-499
勍（倞）	gyang	陽	群	1605-495-341	勍	gïaŋ	陽	群	KANG	1376-103-396
競	gyang	陽	群	1606-495-341	競	gïaŋ	陽	群	KANG	1383-103-397

4.1.2.4 耕東旁轉

共計 3 組。按聲轉差異細分如下表：

來母雙聲	見匣旁紐	精心旁紐
1	1	1

比較《漢字語源辭典》如下：

籠	long	東	來	1843-572-383						
笭	lyeng	耕	來	1844-572-383	笭	leŋ	耕	來	LENG/LEK	1710-125-479

頸	kieng	耕	見	1474-457-321	頸（頸）	kieŋ	耕	見	KENG	1792-133-499
項	heong	東	匣	1476-457-321	項	ĥŭŋ	東	匣	KUG/KUK/KUNG	999-74-306

王力冬侵合併。曉匣擬音不同。

菘	siong	東	心	703-213-199
菁	tzieng	耕	精	705-213-199

4.1.2.5　陽東旁轉

共計 8 組。按聲轉差異細分如下表：

影母雙聲	曉母雙聲	端母雙聲	定母雙聲	清母雙聲	並母雙聲	明母雙聲
1	1	1	1	1	2	1

比較《漢字語源辭典》如下：

盎	ang	陽	影	1461-453-319	盎	aŋ	陽	影	AG/AK/ANG	1422-106-407
甕（甕甕）	ong	東	影	1462-453-319						

荒	xuang	陽	曉	1651-506-350	荒	m̥aŋ	陽	明	MAK/MANG	1605-117-448
凶	xiong	東	曉	1652-506-350	凶	hiuŋ	東	曉	KUG/KUK/KUNG	1009-74-307

王力冬侵合併。曉匣擬音不同。

長	tiang	陽	端	1678-514-355	長	dïaŋ	陽	定	TANG	1182-88-349
冢	tiong	東	端	1679-514-355						

盪	dang	陽	定	1692-520-357	盪	tʻaŋ	陽	透	TANG	1176-87-347
蕩	dang	陽	定	1693-520-357	蕩	tʻaŋ	陽	透	TANG	1175-87-347
動	dong	東	定	1694-520-357	動	duŋ	東	定	TUNG/TUK	932-71-291

王力冬侵合併。

蒼	tsang	陽	清	1571-487-335	蒼	tsʻaŋ	陽	精	TSANG	1300-98-377
蔥	tsong	東	清	1572-487-335						
緫	tsong	東	清	1573-487-335						

蛢 （蟀）	beong	東	並	239-75-118	蛢	bŭŋ	東	並	PUG/PUNG	1079-80-323
蚵	beang	陽	並	240-75-118						

王力冬侵合併。

逢	biong	東	並	1880-586-390	逢	bïuŋ	東	並	PUG/PUNG	1076-80-322
碰 （搤）	bang	陽	並	1882-586-390						

王力冬侵合併。

盲	meang	陽	明	1040-307-245	盲	mǎŋ	陽	明	MAK/MANG	1599-117-447
矇	mong	東	明	1041-307-245						

4.1.3　乙類陰聲韻（-i 尾）

此類有 3 種旁轉。

4.1.3.1　微脂旁轉

共計 4 組。按聲轉差異細分如下表：

見母雙聲	溪母雙聲	滂母雙聲
2	1	1

比較《漢字語源辭典》如下：

饑	kiəi	微	見	1894-590-393	饑	kïər	微	見	KÊR/KÊN	2586-183-697
飢	kiei	脂	見	1895-590-393	飢	kïə̌r	微	見	KÊR/KÊN	2591-183-698

覬 （驥）	kiəi	微	見	1901-592-393						
冀	kiei	脂	見	1902-592-393						

開	khei	脂	溪	2029-624-413						
闓	khəi	微	溪	2031-624-413						

媲	phiei	脂	滂	2117-651-426						
妃	phiuəi	微	滂	2118-651-426	妃	p̓ïuər	微	滂	PUÊR/PUÊT/PUÊN	2738-190-728

藤堂明保陰聲韻帶輔音韻尾。

4.1.3.2 微歌旁轉

共計 9 組。按聲轉差異細分如下表：

影母雙聲	疑母雙聲	來母雙聲	日母雙聲	從母雙聲	清從旁紐	定照鄰紐
2	1	1	1	1	2	1

比較《漢字語源辭典》如下：

依	iəi	微	影	1889-588-392	依	iər	微	影	êR/êN	2603-184-701
倚	iai	歌	影	1890-588-392	倚	iăr	歌	影	KAR/KAT	2120-159-582
椅	iai	歌	影	1891-588-392	椅	iăr	歌	影	KAR/KAT	2121-159-582

藤堂明保陰聲韻帶輔音韻尾。

萎（委餧）	inai	歌	影	2141-659-430	萎	iŭăr	歌	影	KUAR/KUAN	2246-166-618
餵（喂）	iuəi	微	影	2142-659-430						

嵬	nguəi	微	疑	1913-595-395
巘	ngiuai	歌	疑	1915-595-395

壘（壨）	liuəi	微	來	1970-609-404	壘（壨）	lïuər	微	來	LUêR/LUêT/LUêN	2544-181-688
厽	liuai	歌	來	1971-609-404	厽	lïuĕr	脂	來	LUêR/LUêT/LUêN	2548-181-688
絫（累）	liuai	歌	來	1972-609-404	絫累	luər	微	來	LUêR/LUêT/LUêN	2549-181-689
壘	liuai	歌	來	1973-609-404						

藤堂明保陰聲韻帶輔音韻尾

蕤	njiuəi	微	日	1979-611-405
甤	njiuəi	微	日	1980-611-405
橤（蘂）	njiuəi	微	日	1981-611-405
繠	njiuəi	微	日	1982-611-405
緌（綏）	njiuai	歌	日	1983-611-405

崔 （磪）	ʥuəi	微	從	1986-613-406
厜 （嵳）	ʥiuai	歌	從	1987-613-406

崔 （磪）	ʥuəi	微	從	1986-613-406					
嵳	ʥai	歌	從	1988-613-406	嵳	ʥar	歌	從	PAT/PAD/PAN	2048-153-563

藤堂明保陰聲韻帶輔音韻尾。

莝	tsuai	歌	清	2215-686-442	莝	tsʻuar	歌	清	TSUAR/TSUAN	2099-158-577
挫	tsuai	歌	清	2216-686-442	挫	tsuar	歌	精	TSUAR/TSUAN	2101-158-577
剉	tsuai	歌	清	2217-686-442						
摧	ʥuəi	微	從	2218-686-442						

藤堂明保陰聲韻帶輔音韻尾。

椎 （槌）	diuəi	微	定	1956-606-402	椎	dïuər	微	定	TUÊR/TUÊT/TUÊN	2507-179-680
箠 （棰）	tjiuai	歌	照	1957-606-402	箠	tiuǎr	歌	端	TUAR/TUAN	1967-145-544
捶	tjiuai	歌	照	1958-606-402	捶	tiuǎr	歌	端	TUAR/TUAN	1966-145-543

藤堂明保陰聲韻帶輔音韻尾。

4.1.3.3　脂歌旁轉

共計 5 組。按聲轉差異細分如下表：

匣母雙聲	端母雙聲	來母雙聲	明母雙聲	泥日準雙聲
2	1	1	1	1

比較《漢字語源辭典》如下：

諧	hei	脂	匣	2032-625-413					
和 （咊）	huai	歌	匣	2035-625-413	和	ĥuar	歌	匣	KUAR/KUAN	2244-166-618

藤堂明保陰聲韻帶輔音韻尾。曉匣擬音不同。

胝	tiei	脂	端	2039-627-414
腄	tiuai	歌	端	2040-627-414

剺（鑗黎蓼）	liei	脂	來	83-29-94
劙	lyai	歌	來	84-29-94

敉（侎）	miei	脂	明	2135-657-429
彌	miai	歌	明	2136-657-429

尼	niei	脂	泥	2378-735-470	尼	nïer	脂	泥	NER/NET/NEN	2894-198-761
邇	njiai	歌	日	2379-735-470	邇	nier	脂	泥	NER/NET/NEN	2892-198-761

藤堂明保陰聲韻帶輔音韻尾。

4.1.4　乙類入聲韻（-t 尾）

此類有 3 種旁轉。

4.1.4.1　物質旁轉

共計 3 組。按聲轉差異細分如下表：

影母雙聲	心母雙聲	端照準雙聲
1	1	1

比較《漢字語源辭典》如下：

薆	ət	物	影	2258-699-449					
靉	ət	物	影	2259-699-449					
僾（愛）	ət	物	影	2260-699-449	愛	ər	微	影	KêR/KêT	2628-185-706
曖	ət	物	影	2261-699-449					
靉	ət	物	影	2262-699-449					
瞖	yet	質	影	2263-699-449					

屑	syet	質	心	2112-650-426	屑	set	質	心	TSET/TSER/TSEN	2972-202-779
碎	suət	物	心	2114-650-426	碎（碎）	suəd	隊	心	TSUêN/TSUêT	2580-182-695

藤堂明保乙類隊祭至帶-d 尾。

笍	tiuət	物	端	1964-606-402
鷙	tjiet	質	照	1965-606-402

4.1.4.2　物月旁轉

共計 7 組。按聲轉差異細分如下表：

群母雙聲	疑母雙聲	喻母雙聲	明母雙聲	見匣旁紐	疑匣旁紐
1	1	1	2	1	1

比較《漢字語源辭典》如下：

掘	giuət	物	群	2291-708-454	掘	gïuət	物	群	KUÊR/KUÊT	2641-187-710
闕	giuat	月	群	2293-708-454	闕	kʻïuăt	月	溪	KUAT	2332-168-636

刖(跀)	ngiuat	月	疑	2461-760-486	刖	ŋïuăt	月	疑	KUAT	2342-168-638
兀	nguət	物	疑	2462-760-486						

聿(欥)	jiuət	物	喻	2325-720-461						
曰	jiuat	月	喻	2327-720-461	曰	ɦïuăt	月	匣	KUAT/KUAN	2366-171-646
於	jiuat	月	喻	2328-720-461	於	ɦïuag	魚	匣	HUAG/HUANG	1465-110-419
越	jiuat	月	喻	2329-720-461	越	ɦïuăt	月	匣	KUAT	2338-168-637
粵	jiuat	月	喻	2330-720-461						

昧	muət	物	明	2350-727-465	昧	muəd	隊	明	MUÊR/MUÊT/MUÊN	2774-192-736
眛	muat	月	明	2353-727-465						

蔑	miat	月	明	577-178-178	蔑	mät	月	明	MAT/MAN	2482-177-670
未	miuət	物	明	579-178-178	未	mïuəd	隊	明	MUÊR/MUÊT/MUÊN	2771-192-736
勿	miuət	物	明	580-178-178	勿	mïuət	物	明	MUÊR/MUÊT/MUÊN	2783-192-737

藤堂明保乙類隊祭至帶-d尾。

刷	kiuət	物	見	2279-704-453
劂	hiuat	月	匣	2280-704-453

黦	hət	物	匣	2299-711-456					
嶭	ngyat	月	疑	2300-711-456	嶭	ŋät	月	疑	KAT/KAD/KAN	2204-164-605

4.1.4.3　質月旁轉

共計 9 組。按聲轉差異細分如下表：

影母雙聲	見母雙聲	來母雙聲	照母雙聲	幫母雙聲	幫明旁紐
2	1	2	1	2	1

比較《漢字語源辭典》如下：

翳	yet	質	影	2263-699-449
薈	uat	月	影	2264-699-449

遏	at	月	影	2413-749-477	遏	at	月	影	KAR/KAT	2124-159-582
抑（归）	iet	質	影	2418-749-477	抑	ïək	職	影	êG/êK	259-23-139

髻（結）	kyet	質	見	2027-623-412	結	ket	質	見	KET/KER/KEN	3000-204-786
紒（髻）	keat	月	見	2028-623-412						

莫(鷩戾）	lyet	質	來	2382-737-471
綟	lyet	質	來	2383-737-471
荔	liat	月	來	2384-737-471

飅	liat	月	來	2501-774-492
颲	liet	質	來	2502-774-492

質	tjiet	質	照	2385-738-472	質	t□ïed	至	知	TER/TET/TEN	2836-194-748
贄	tjiuat	月	照	2386-738-472						

藤堂明保乙類隊祭至帶-d 尾。舌音差別。

載（市 芾戳 紱紼）	piuat	月	幫	2533-786-498	市 載	pʰ̌ ät	月	滂	PAR/PAD/PAN	2453-174-662
韠	piet	質	幫	2534-786-498						

蔽	piat	月	幫	2532-786-498	蔽	piad	祭	幫	PAR/PAD/PAN	2450-174-661
箄	piet	質	幫	2535-786-498						

藤堂明保乙類隊祭至帶-d尾。

蔽	piat	月	幫	2532-786-498	蔽	piad	祭	幫	PAR/PAD/PAN	2450-174-661
䀗	myet	質	明	2536-786-498						

藤堂明保乙類隊祭至帶-d尾。

4.1.5　乙類陽聲韻（-n尾）

此類有3種旁轉。

4.1.5.1　文真旁轉

共計5組。按聲轉差異細分如下表：

邪母雙聲	並母雙聲	明母雙聲	定從鄰紐
1	1	2	1

比較《漢字語源辭典》如下：

循	ziuən	文	邪	2334-721-462	循	ḍiuən	文	澄	TUÊT/TUÊR/TUÊN	2529-180-685
徇	ziuen	眞	邪	2336-721-462						

藤堂明保無邪母。

瀕	bien	眞	並	2776-859-541	瀕	bien	眞	並	PER/PET/PEN	2936-200-770
墳	biuən	文	並	2779-859-541	墳	bïuən	文	並	PUÊR/PUÊN	2760-191-731
濆	biuən	文	並	2780-859-541						

忞	miən	文	明	2012-620-410						
瞖（啟 瞀）	mien	眞	明	2014-620-410	啟	mïən	文	明	MUÊN	2806-193-741
黽 （僶）	mien	眞	明	2015-620-410						

蚊（蟁蚉）	miuən	文	明	2702-838-527				
閩（閩）	mien	眞	明	2703-838-527				

殄	dyən	文	定	2614-811-513				
盡	dzien	眞	從	2615-811-513	盡（盡）	dzien	眞	從	TSET/TSER/TSEN	2985-202-780

4.1.5.2　文元旁轉

共計 18 組。按聲轉差異細分如下表：

影母雙聲	見母雙聲	溪母雙聲	群母雙聲	疑母雙聲	匣母雙聲	透母雙聲	定母雙聲	幫母雙聲	並母雙聲	明母雙聲	泥日準雙聲	見溪旁紐	幫滂旁紐	並明旁紐	滂並旁紐
2	1	1	1	1	2	1	1	1	1	1	1	1	1	1	1

比較《漢字語源辭典》如下：

蒀（蘊）	iuən	文	影	2254-698-448	蘊	ïuən	文	影	KUÊR/KUÊT	2658-187-712
菀	iuan	元	影	2256-698-448						

按	an	元	影	2416-749-477					
堊	iən	文	影	2424-749-477	堊	iən	文	影	êR/êN	2610-184-701
埏	iən	文	影	2425-749-477					
陻	iən	文	影	2426-749-477					
湮	iən	文	影	2427-749-477	湮	iən	文	影	êR/êN	2611-184-702
闉	iən	文	影	2428-749-477					

筋	kiən	文	見	2569-796-504				
腱（笏）	kian	元	見	2570-796-504				

懇（狠）	khən	文	溪	2571-797-504
款（款）	khuan	元	溪	2572-797-504

勤	giən	文	群	2581-800-506	勤	giën	文	群	KÊR/KÊN	2596-183-698
倦（勸）	giuan	元	群	2582-800-506						

岸	ngan	元	疑	2869-886-556	岸	ŋan	元	疑	NGAR/NGAN	2169-161-593
垠（圻沂）	ngiən	文	疑	2874-886-556						

楎	huən	文	匣	2599-805-510						
梡	huan	元	匣	2600-805-510						
完	huan	元	匣	2601-805-510	完	ɦuan	元	匣	KUAR/KUAN	2258-166-619

曉匣擬音不同。

圓（員）	hiuən	文	匣	2602-806-510	圓（円）	ɦïuən	文	匣	KUAR/KUAN	2295-166-623
圜	hiuan	元	匣	2603-806-510	圜	ɦïuan	元	匣	KUAR/KUAN	2277-166-621

曉匣擬音不同。

彖	thuən	文	透	2628-815-514	彖	tʻuan	元	透	TUAR/TUAN	1984-145-546
猭	thiuan	元	透	2629-815-514						

團（專）	duan	元	定	2920-906-566	團（団）	duan	元	定	TUAR/TUAN	1981-145-545
笔（囤）	duən	文	定	2923-906-566						

分	piuən	文	幫	2672-831-523	分	pïuən	文	幫	PUÊR/PUÊT/PUÊN	2744-190-729
半	puan	元	幫	2673-831-523	半	puan	元	幫	PAT/PAD/PAN	2399-172-652

| 焚 | biuən | 文 | 並 | 2690-834-525 | 焚 | bïuən | 文 | 並 | PUêR/PUêT/PUêN | 2753-190-730 |
| 燔 | biuan | 元 | 並 | 2691-834-525 | 燔 | bïuăn | 元 | 並 | PAN | 2425-173-657 |

忞	miən	文	明	2012-620-410						
勉	mian	元	明	2016-620-410	勉	mïən	文	明	MUêN	2810-193-741
俛	mian	元	明	2017-620-410						
惽(勔)	mian	元	明	2018-620-410						

| 媆 | njiuan | 元 | 日 | 2957-915-571 |
| 嫩 | nuən | 文 | 泥 | 2958-915-571 |

| 窾(款) | khuan | 元 | 溪 | 1812-562-377 |
| 錕 | kuən | 文 | 見 | 1814-562-377 |

分	piuən	文	幫	2672-831-523	分	pïuən	文	幫	PUêR/PUêT/PUêN	2744-190-729
判(牉)	phuan	元	滂	2674-831-523	判	pʻuan	元	滂	PAT/PAD/PAN	2400-172-652
片	phian	元	滂	2675-831-523	片	pʻän	元	滂	PAT/PAD/PAN	2407-172-653

| 悶 | muən | 文 | 明 | 2686-833-525 | 悶 | muən | 文 | 明 | MUêN | 2802-193-740 |
| 煩 | biuan | 元 | 並 | 2687-833-525 | 煩 | bïuăn | 元 | 並 | PAN | 2460-175-664 |

| 幋 | buan | 元 | 並 | 3020-936-582 | | | | | | |
| 帉(紛紛) | phiuən | 文 | 滂 | 3022-936-582 | 紛 | pʻïuən | 文 | 滂 | PUêR/PUêT/PUêN | 2749-190-729 |

4.1.5.3 真元旁轉

共計 7 組。按聲轉差異細分如下表：

影母雙聲	喻母雙聲	精母雙聲	並母雙聲	端定旁紐	端審鄰紐
1	1	1	2	1	1

比較《漢字語源辭典》如下：

咽	yen	眞	影	1168-345-268	咽	et		質	影	KET/KER/KEN	3005-204-787
嚥	yan	元	影	1169-345-268							

引（弘）	jien	眞	喻	2742-852-535	引	djien	眞	澄	TEN/TET	2875-196-756
演	jyen	眞	喻	2750-852-535	演	djien	眞	澄	TEN/TET	2874-196-756
延	jian	元	喻	2751-852-535	延	djian	元	澄	TAR/TAT/TAN	1925-142-532
衍	jian	元	喻	2752-852-535	衍	djian	元	澄	TAR/TAT/TAN	1930-142-533

舌音差別。

進	tzien	眞	精	2764-855-539	進	tsien	眞	精	TSET/TSER/TSEN	2988-203-783
薦	tzian	元	精	2765-855-539	薦	tsian	元	精	TSAN	2080-155-572

諞（偏扁）	byen	眞	並	2783-860-542	扁	pän	元	幫	PAN	2428-173-657
便	bian	元	並	2784-860-542						

蹣（槃鼙）	buan	元	並	2546-790-500	槃盤	buan	元	並	PAN	2417-173-656
跰（蹁邊）	byen	眞	並	2547-790-500	邊（边）	pän	元	幫	PAT/PAD/PAN	2408-172-653

陳（敶）	dien	眞	定	2716-843-530	陳	dïen	眞	定	TEN	2886-197-758
展	tian	元	端	2718-843-530	展	tïan	元	端	TAN	1957-144-539

展	tian	元	端	2718-843-530	展	tïan	元	端	TAN	1957-144-539
伸（申信）	sjien	眞	審	2720-843-530	伸	thien	眞	透	TEN/TET	2869-196-756

4.1.6　丙類入聲韻（-p尾）

此類有1種旁轉。

緝盍旁轉

共計 8 組。按聲轉差異細分如下表：

影母雙聲	見母雙聲	曉母雙聲	匣母雙聲	照母雙聲	曉匣旁紐	喻從鄰紐	定邪鄰紐
1	1	1	1	1	1	1	1

比較《漢字語源辭典》如下：

揖	iəp	緝	影	3052-947-588				
厭	iap	盍	影	3053-947-588	厭	iam	談	影	KAP/KAM	3284-219-859

夾	keap	盍	見	3114-962-597	夾	kăp	葉	見	KAP/KAM	3294-220-862
袷	keəp	緝	見	3115-962-597	袷	kŏp	緝	見	KêP/KêM	3115-211-820

吸(噏)	xiəp	緝	曉	3055-948-588	吸	hïəp	緝	曉	KêP/KêM	3108-211-820
歙	xiəp	緝	曉	3056-948-588					
翕	xiəp	緝	曉	3057-948-588	翕	hïəp	緝	曉	KêP/KêM	3114-211-820
呷(欱)	xeap	盍	曉	3058-948-588	呷	hăp	葉	曉	KAP/KAM	3259-219-857

合	həp	緝	匣	3059-949-589	合	ĥəp	緝	匣	KêP/KêM	3113-211-820
盍	hap	盍	匣	3068-949-589	盍	ĥap	葉	匣	KAP/KAM	3265-219-857
闔	hap	盍	匣	3069-949-589	闔	ĥap	葉	匣	KAP/KAM	3267-219-857

曉匣擬音不同。

慴	tjiəp	緝	照	3077-952-592
摯	tjiəp	緝	照	3078-952-592
儡	tjiap	盍	照	3079-952-592
儳	tjiap	盍	照	3080-952-592
讋	tjiap	盍	照	3081-952-592

合	həp	緝	匣	3059-949-589	合	ĥəp	緝	匣	KêP/KêM	3113-211-820
協(叶叶)	xiap	盍	曉	3070-949-589	協	ĥläp	葉	匣	LAP/LAM/KLAM	3214-216-845

劦	xiap	盍	曉	3071-949-589	劦	ĥläp	葉	匣	LAP/LAM/KLAM	3213-216-845
勰	xiap	盍	曉	3072-949-589						

曉匣擬音不同。

鍱（鍻）	ȡiəp	緝	從	3107-959-596
鍱	jiap	盍	喻	3108-959-596

襲	ziəp	緝	邪	3109-960-596	襲	ḍiəp	緝	澄	TêP/TêM	3043-206-799
疊	dyap	盍	定	3110-960-596						
褺（褺）	dyap	盍	定	3111-960-596	褺	dəp	緝	定	TêP/TêM	3049-206-800

藤堂明保無邪母。

4.1.7　丙類陽聲韻（-m 尾）

此類有 1 種旁轉。

侵談旁轉

共計 8 組。按聲轉差異細分如下表：

影母雙聲	匣母雙聲	精母雙聲	莊床旁紐	精從旁紐	疑泥鄰紐
1	3	1	1	1	1

比較《漢字語源辭典》如下：

暗（陪）	əm	侵	影	3150-972-602	暗	əm	侵	影	KêP/KêM	3143-211-824
闇	əm	侵	影	3151-972-602	闇	əm	侵	影	KêP/KêM	3144-211-824
晻	am	談	影	3152-972-602						

含	həm	侵	匣	3167-976-605	含	ĥəm	侵	匣	KêP/KêM	3123-211-821
函	ham	談	匣	3171-976-605	函	ḥam	談	匣	KAP/KAM	3272-219-858
涵	ham	談	匣	3172-976-605	涵	ĥam	談	匣	KAP/KAM	3274-219-858
嗛	heam	談	匣	3173-976-605						

曉匣擬音不同。

頷(頜)	həm	侵	匣	3174-977-606	頷	ɦəm	侵	匣	KÊP/KÊM	3134-211-822
頜	ham	談	匣	3175-977-606	頜	ɦạm	談	匣	KAP/KAM	3273-219-858

曉匣擬音不同。

鵮(鵮)	həm	侵	匣	3176-978-606
鼸(嗛)	hyam	談	匣	3177-978-606

梫	tziəm	侵	精	3245-999-616						
先(籤)	tzeiəm	侵	精	3246-999-616	兂簪	tsiəm	侵	精	TSÊM/SÊP	3082-209-810
鑯	tziam	談	精	3247-999-616						
尖	tziam	談	精	3248-999-616	尖	tsiam	談	精	TSAP/TSAM	3257-218-853

譖	tzhiəm	侵	莊	3232-996-614	譖	tsïəm	侵	精	TSÊM/SÊP	3083-209-810
讒	dzheam	談	床	3233-996-614						

浸	tziəm	侵	精	3238-998-615	浸	tsʻiəm	侵	清	TSÊM/SÊP	3077-209-809
寖(濅)	tziəm	侵	精	3239-998-615						
漸	dziam	談	從	3240-998-615	漸	tsiam	談	精	TSAP/TSAM	3255-218-853

醷	niuəm	侵	泥	3207-987-610	醷	nïoŋ	中	泥	NOG/NOK/NONG	503-39-202
釅	ngiam	談	疑	3208-987-610						

4.2 無韻尾

　　元音相近，無韻尾的旁轉關係指甲類陰聲韻之間的旁轉關係，此類有 15 種旁轉：之支旁轉、之魚旁轉、之侯旁轉、之宵旁轉、之幽旁轉、支魚旁轉、支侯旁轉、支宵旁轉、支幽旁轉、魚侯旁轉、魚宵旁轉、魚幽旁轉、侯宵旁轉、侯幽旁轉、宵幽旁轉。《同源字典》無之宵旁轉、支侯旁轉、支宵旁轉，其餘均有出現。

4.2.1　之支旁轉

共計 5 組。按聲轉差異細分如下表：

群母雙聲	定母雙聲	來母雙聲	精清旁紐	疑日鄰紐
1	1	1	1	1

比較《漢字語源辭典》如下：

跽（臏）	giə	之	群	28-12-86
眞	giə	之	群	29-12-86
跪	giue	支	群	30-12-86

蹢（踶跢）	die	支	定	177-60-109
峙	diə	之	定	180-60-109

勑	liə	之	來	81-29-94	勑	liəg	之	來	LêK/LêNG	117-12-102
剺	lie	支	來	82-29-94						

藤堂明保陰聲韻帶輔音韻尾。

此	tsie	支	清	208-64-113
茲	tziə	之	精	210-64-113

鯢	ngye	支	疑	200-63-112
鮞	njiə	之	日	203-63-112

4.2.2　之魚旁轉

共計 10 組。按聲轉差異細分如下表：

溪母雙聲	來母雙聲	日母雙聲	照母雙聲	明母雙聲	泥日準雙聲
1	2	2	1	3	1

比較《漢字語源辭典》如下：

丘（邱）	khiuə	之	溪	20-8-85	丘	kʰiuəg	之	溪	KUêK/KUêG	274-24-144
虛（墟）	khia	魚	溪	21-8-85	虛（盧）	hïag	魚	曉	KAG/KAK/KANG	1384-104-400

藤堂明保陰聲韻帶輔音韻尾。

里	liə	之	來	78-28-93	里	liəg	之	來	LêK/LêNG	111-12-102
闆	lia	魚	來	79-28-93						
盧	lia	魚	來	80-28-93						

藤堂明保陰聲韻帶輔音韻尾。

蘆	la	魚	來	426-131-151
萊	lə	之	來	428-131-151

如	njia	魚	日	455-140-156	如	niag	魚	泥	NAG/NAK/NANG	1211-91-357
而	njiə	之	日	457-140-156	而	niəg	之	泥	NêG/NêNG	105-11-99

藤堂明保陰聲韻帶輔音韻尾。

汝	njia	魚	日	464-143-157						
而	njiə	之	日	467-143-157	而	niəg	之	泥	NêG/NêNG	105-11-99

藤堂明保陰聲韻帶輔音韻尾。

渚 (陼)	tjia	魚	照	445-137-154						
沚	tjiə	之	照	446-137-154	沚	tiəg	之	端	TEG/TEK	4-1-71
阯 (沶)	tjiə	之	照	447-137-154	阯	tiəg	之	端	TEG/TEK	2-1-70

藤堂明保陰聲韻帶輔音韻尾。

母	mə	之	明	141-47-104	母	muâg	之	明	MêG/MêK	363-31-167
媽	ma	魚	明	142-47-104						

藤堂明保陰聲韻帶輔音韻尾。

姆 (媷)	mə	之	明	143-47-104	姆	muâg	之	明	MêG/MêK	365-31-168
姥	ma	魚	明	144-47-104						

藤堂明保陰聲韻帶輔音韻尾。

謀	miuə	之	明	148-49-105	謀	mïuâg	之	明	MêK/MêG/MêNG	357-30-165
謨 (暮)	ma	魚	明	149-49-105	謨	mag	魚	明	MAK/MAG/MANG	1619-118-453

藤堂明保陰聲韻帶輔音韻尾。

乳	njia	魚	日	462-142-157	乳	niŭg	侯	泥	NUG/NUK/NUNG	940-72-294
奶	nə	之	泥	463-142-157						

藤堂明保陰聲韻帶輔音韻尾。

4.2.3 之侯旁轉

共計 1 組。按聲轉差異細分如下表：

曉母雙聲
1

比較《漢字語源辭典》如下：

熹（熺）	xiə	之	曉	40-16-87	熹	hïəg	之	曉	HêG	242-22-135
煦（昫）	xio	侯	曉	41-16-87						

藤堂明保陰聲韻帶輔音韻尾。曉匣擬音不同。

4.2.4 之幽旁轉

共計 3 組。按聲轉差異細分如下表：

見母雙聲	照母雙聲	並母雙聲
1	1	1

比較《漢字語源辭典》如下：

久	kiuə	之	見	9-4-83	久	kïuəg	之	見	KUêK/KUêG	276-24-144
韭	kiu	幽	見	11-4-83						

藤堂明保陰聲韻帶輔音韻尾。

汦	tjiə	之	照	446-137-154	汦	tiəg	之	端	TEG/TEK	4-1-71
洲（州）	tjiu	幽	照	448-137-154	州	tiog	幽	端	TOG/TOK/TONG	383-33-176

藤堂明保陰聲韻帶輔音韻尾。

罘（罳）	biuə	之	並	139-46-104
罦（罬）	biu	幽	並	140-46-104

4.2.5　支魚旁轉

共計 3 組。按聲轉差異細分如下表：

影母雙聲	溪母雙聲	心母雙聲
1	1	1

比較《漢字語源辭典》如下：

窊（窳）	oa	魚	影	245-77-119					
窪（窐窊）	oe	支	影	246-77-119	窪	uĕg	支	影	KUEG/KUENG	1815-137-507

藤堂明保陰聲韻帶輔音韻尾。

奎	khyue	支	溪	161-55-107	奎	k'ueg	支	溪	KUEG/KUENG	1813-137-507
胯（跨袴骻）	khoa	魚	溪	162-55-107	胯	k'uăg	魚	溪	HUAG/HUANG	1475-110-420

胥	sia	魚	心	517-161-168	胥	siag	魚	心	SAG/SAK/SANG	1267-96-370
壻（婿聟）	sye	支	心	520-161-168						

藤堂明保陰聲韻帶輔音韻尾。

4.2.6　支幽旁轉

共計 1 組。按聲轉差異細分如下表：

定母雙聲
1

比較《漢字語源辭典》如下：

踟（躊跢）	die	支	定	177-60-109
躊	diu	幽	定	178-60-109
簹	diu	幽	定	179-60-109

4.2.7　魚侯旁轉

共計 9 組。按聲轉差異細分如下表：

疑母雙聲	定母雙聲	泥母雙聲	來母雙聲	照母雙聲	心母雙聲	滂母雙聲
2	2	1	1	1	1	1

比較《漢字語源辭典》如下：

娛	ngiua	魚	疑	359-110-140
愚	ngio	侯	疑	360-110-140

遇	ngio	侯	疑	622-190-186
晤	nga	魚	疑	623-190-186
迕	nga	魚	疑	624-190-186

髑髏	dok-lo	屋	定	640-193-190
顱	dak-la	鐸	定	641-193-190

躕 （跦）	dio	侯	定	181-60-109
躇 （躊）	dia	魚	定	182-60-109

怒	na	魚	泥	411-127-149	怒	nag	魚	泥	NAG/NAK/NANG	1220-91-358
獳	no	侯	泥	412-127-149						

藤堂明保陰聲韻帶輔音韻尾。

顱（盧 髗）	la	魚	來	431-132-151
髏 （顱）	lo	侯	來	432-132-151

赭	tjya	魚	照	440-136-153	赭	tiăg	魚	端	TAG/TAK	1125-83-332
朱	tjio	侯	照	443-136-153						
絑	tjio	侯	照	444-136-153						

藤堂明保陰聲韻帶輔音韻尾。

須 （鬚）	sio	侯	心	699-212-199	須	ŋiŭg	侯	娘	NUG/NUK/NUNG	941-72-294
胥	sia	魚	心	701-212-199	胥	siag	魚	心	SAG/SAK/SANG	1267-96-370

藤堂明保陰聲韻帶輔音韻尾。舌音差別。

撫	phiua	魚	滂	559-174-176					
拊	phio	侯	滂	560-174-176	拊	p'ĭŭg	侯	滂	PUG/PUNG	1068-80-322

藤堂明保陰聲韻帶輔音韻尾。

4.2.8 魚宵旁轉

共計 1 組。按聲轉差異細分如下表：

溪母雙聲
1

比較《漢字語源辭典》如下：

枯	kha	魚	溪	321-98-133	枯	k'ag	魚	溪	KAG/KAK/KANG	1335-101-389
殆	kha	魚	溪	322-98-133	殆	k'ag	魚	溪	KAG/KAK/KANG	1334-101-389
槁 (槀)	khô	宵	溪	323-98-133	槁	kɔg	宵	見	KôG/KôK	799-64-266

藤堂明保陰聲韻帶輔音韻尾。

4.2.9 魚幽旁轉

共計 1 組。按聲轉差異細分如下表：

滂母雙聲
1

比較《漢字語源辭典》如下：

稃	phiu	幽	滂	712-216-200
麩 (麵)	phiua	魚	滂	713-216-200
膚	phiua	魚	滂	714-216-200

4.2.10 侯宵旁轉

共計 7 組。按聲轉差異細分如下表：

影母雙聲	見母雙聲	溪母雙聲	透母雙聲	喻母雙聲	心母雙聲
1	1	1	2	1	1

比較《漢字語源辭典》如下：

饇	io	侯	影	585-181-181
醧	io	侯	影	586-181-181
飫（飫）	iô	宵	影	587-181-181

驕	kiô	宵	見	736-223-204	驕	kïɔg	宵	見	KOG	789-63-263
駒	kio	侯	見	741-223-204	駒	kïŭg	侯	見	KUK/KUG/KUNG	1022-75-309

藤堂明保陰聲韻帶輔音韻尾。

叩	kho	侯	溪	612-187-185					
敲	kheô	宵	溪	616-187-185	敲	kɔg	宵	溪	KôG/KôK	804-64-266

藤堂明保陰聲韻帶輔音韻尾。

偷（愉媮）	tho	侯	透	637-192-189
佻（誂）	thyô	宵	透	638-192-189

佻	thyô	宵	透	802-236-212
偷	tho	侯	透	803-236-212

遙（搖）	jiô	宵	喻	872-260-221	遙（遙）	djɔ̆g	幽	澄	TOK/TOG/TONG	466-36-193
臾	jio	侯	喻	874-260-221						

藤堂明保陰聲韻帶輔音韻尾。舌音差別。

逍（消）	siô	宵	心	867-260-221	消	siɔg	宵	心	SôG/SôK	754-60-256
須	sio	侯	心	869-260-221	須	ŋïŭg	侯	娘	NUG/NUK/NUNG	941-72-294

藤堂明保陰聲韻帶輔音韻尾。舌音差別。

4.2.11 侯幽旁轉

共計 9 組。按聲轉差異細分如下表：

見母 雙聲	溪母 雙聲	曉母 雙聲	來母 雙聲	從母 雙聲	滂母 雙聲	並明 旁紐	定審 鄰紐
1	1	1	1	1	2	1	1

比較《漢字語源辭典》如下：

狗	ko	侯	見	593-184-182	狗	kug	侯	見	KUK/KUG/KUNG	1021-75-309
羔	ku	幽	見	596-184-182						

藤堂明保陰聲韻帶輔音韻尾。

叩	kho	侯	溪	612-187-185						
敂	kho	侯	溪	613-187-185						
扣	kho	侯	溪	614-187-185						
攷 （考）	khu	幽	溪	615-187-185	攷 （拷）	kʻôg	幽	溪	KOG	599-47-224

藤堂明保陰聲韻帶輔音韻尾。

哮	xeu	幽	曉	927-272-227						
吼 （呴）	xo	侯	曉	930-272-227	吼	ĥug	侯	匣	HUG/HUNG	1055-78-316

藤堂明保陰聲韻帶輔音韻尾。

扁	lo	侯	來	653-198-192						
漏	lo	侯	來	654-198-192						
雷	liu	幽	來	655-198-192						
廇	liu	幽	來	656-198-192	廇	lïog	幽	來	LOG	521-41-206
溜	liu	幽	來	657-198-192	溜	lïog	幽	來	LOG	522-41-206
流	liu	幽	來	658-198-192	流	lïog	幽	來	LOG	506-40-203

藤堂明保陰聲韻帶輔音韻尾。

聚	ʥio	侯	從	688-211-197	聚	ʥiŭg	侯	從	TSUG/TSUK/ TSUNG	959-73-299
遒	ʥiu	幽	從	690-211-197						

藤堂明保陰聲韻帶輔音韻尾。

粩	phio	侯	滂	711-216-200
稃	phiu	幽	滂	712-216-200

泭	phio	侯	滂	715-217-200					
桴	phiu	幽	滂	716-217-200	桴	bïog	幽	並	POG/POK	661-51-235

藤堂明保陰聲韻帶輔音韻尾。

桴	bio	侯	並	723-220-202
鶩	miu	幽	明	724-220-202

頭	do	侯	定	639-193-190	頭	dug	侯	定	TUG/TUK	884-70-283
首（百）	sjiu	幽	審	642-193-190						

藤堂明保陰聲韻帶輔音韻尾。

4.2.12　宵幽旁轉

共計 18 組。按聲轉差異細分如下表：

影母雙聲	見母雙聲	疑母雙聲	匣母雙聲	透母雙聲	定母雙聲	精母雙聲	清母雙聲	心母雙聲	並母雙聲	明母雙聲	滂並旁紐	來明鄰紐	定喻鄰紐	端照鄰紐	床清鄰紐
1	2	1	1	1	2	1	1	1	1	1	1	1	1	1	1

比較《漢字語源辭典》如下：

麼	yô	宵	影	733-222-203	麼	ög	幽	影	POG/POK	622-49-229
幼	yu	幽	影	734-222-203	幼	iög	幽	影	POG/POK	625-49-229

藤堂明保陰聲韻帶輔音韻尾。

絞	keô	宵	見	756-225-206	絞	kŏg	宵	見	KôG/KôK	821-65-269
疛	kyu	幽	見	757-225-206	疛	kïog	幽	見	KOG	588-46-221

藤堂明保陰聲韻帶輔音韻尾。

叫	kyu	幽	見	919-272-227	叫	kög	幽	見	KOG	587-46-221
訆	kyu	幽	見	920-272-227						
噭	kyu	幽	見	921-272-227						
欯	kyô	宵	見	922-272-227						
謷	kyô	宵	見	923-272-227						
噭	kyô	宵	見	924-272-227						

藤堂明保陰聲韻帶輔音韻尾。

遨 （敖）	ngô	宵	疑	764-228-207	敖	ŋɔg	宵	疑	NGôG	847-67-274
翱	ngu	幽	疑	765-228-207						

藤堂明保陰聲韻帶輔音韻尾。

嘷	hu	幽	匣	928-272-227						
號	hô	宵	匣	929-272-227	號	ĥôg	幽	匣	KOG	601-47-224

藤堂明保陰聲韻帶輔音韻尾。曉匣擬音不同。

超	thiô	宵	透	781-234-209	超	ťɔg	宵	透	TôG	707-56-246
透	thu	幽	透	784-234-209						

藤堂明保陰聲韻帶輔音韻尾。

銚	dyô	宵	定	811-240-213						
蓧 （蓧）	dyu	幽	定	812-240-213						
匜	dyu	幽	定	813-240-213						

潮 （淖）	diô	宵	定	777-232-208						
濤 （燾）	du	幽	定	778-232-208	濤	ťôg	幽	透	TOG	478-37-197

藤堂明保陰聲韻帶輔音韻尾。

焦 （蕉）	tziô	宵	精	847-253-218	焦	tsiŏg	幽	精	TSOG/TSOK	526-42-209
憔	tzu	幽	精	852-253-218						

藤堂明保陰聲韻帶輔音韻尾。

銚	tsiô	宵	清	857-256-219						
鍫 （鍬）	tsyu	幽	清	860-256-219						

小	siô	宵	心	838-250-217	小	siɔg	宵	心	SôG/SôK	752-60-256
筱 （篠）	syu	幽	心	840-250-217	筱篠	dög	幽	定	TOK/TOG/TONG	461-36-193

謏（詧）	syu	幽	心	841-250-217					

藤堂明保陰聲韻帶輔音韻尾。

匏	beu	幽	並	1023-306-245	匏	pŏg	幽	幫	POG/POK	652-51-234
瓢	biô	宵	並	1024-306-245	瓢	biɔg	宵	並	PôG/PôK	859-68-277

藤堂明保陰聲韻帶輔音韻尾。

眊	mô	宵	明	1042-307-245	眊	mɔg	宵	明	MôG/MôK	870-69-279
瞀	mu	幽	明	1043-307-245	瞀	mog	幽	明	MOG/MOK	690-54-242
貿	mu	幽	明	1044-307-245	貿	mog	幽	明	MOG/MOK	683-54-241

藤堂明保陰聲韻帶輔音韻尾。

浮	biu	幽	並	717-217-200	浮	bïog	幽	並	POG/POK	660-51-235
漂	phiô	宵	滂	718-217-200	漂	pʰïɔg	宵	滂	PôG/PôK	854-68-277

藤堂明保陰聲韻帶輔音韻尾。

髦（旄）	mô	宵	明	907-268-225	旄	mɔg	宵	明	MôG/MôK	869-69-279
老	lu	幽	來	908-268-225	老	lôg	幽	來	LOG	523-41-206

藤堂明保陰聲韻帶輔音韻尾。

陶（匋）	du	幽	定	951-281-231	陶	dôg	幽	定	TOK/TOG/TONG	409-34-183
畲	jiu	幽	喻	952-281-231						
窯（窰）	jiô	宵	喻	953-281-231						

藤堂明保陰聲韻帶輔音韻尾。

州	tjiu	幽	照	967-288-235	州	tiog	幽	端	TOG/TOK/TONG	383-33-176
洲	tjiu	幽	照	968-288-235						
島（隯隝嶹）	tô	宵	端	969-288-235	嶋島	tôg	幽	端	TOK/TOG	482-38-198

藤堂明保陰聲韻帶輔音韻尾。

愁	ʥhiu	幽	床	990-294-239	愁	ʥïog	幽	從	TSOG/TSOK	537-42-211
懆	tsô	宵	清	991-294-239						

藤堂明保陰聲韻帶輔音韻尾。

第五章　旁對轉關係同源詞比較

從語音關係上來說，旁對轉爲旁轉然後對轉。《同源字典》出現的旁對轉可細分爲三類：第一類：甲類韻部之間旁對轉，共十四種：魚職旁對轉、侯職旁對轉、幽職旁對轉、幽鐸旁對轉、魚屋旁對轉、幽屋旁對轉、幽沃旁對轉、宵覺旁對轉、覺東旁對轉、之陽旁對轉、宵陽旁對轉、支東旁對轉、魚東旁對轉、幽東旁對轉；第二類：乙類韻部之間旁對轉，共九種：微元旁對轉、脂物旁對轉、歌物旁對轉、微月旁對轉、月眞旁對轉、歌文旁對轉、月文旁對轉、歌眞旁對轉、微元旁對轉；第三類：甲類和丙類韻部之間旁對轉，一種：覺侵旁對轉。

5.1　甲類韻部之間旁對轉

5.1.1　魚職旁對轉

魚——之——職，共計 1 組。按聲轉差異細分如下表：

定母雙聲
1

比較《漢字語源辭典》如下：

徒	da		魚	定	403-124-148	徒	dag		魚	定	TAG/TAK	1094-82-327
特	dək		職	定	405-124-148	特	tʻək		職	透	TEK	71-8-90

藤堂明保陰聲韻帶輔音韻尾。

5.1.2　侯職旁對轉

侯──之──職，共計 1 組。按聲轉差異細分如下表：

滂並旁紐
1

比較《漢字語源辭典》如下：

駒	bio	侯	並	721-219-202					
副	phiuək	職	滂	722-219-202	副	p'uïək	職	滂	PêK/PêG/PêNG	327-28-158

5.1.3　幽職旁對轉

幽──之──職，共計 2 組。按聲轉差異細分如下表：

明母雙聲	滂並旁紐
1	1

比較《漢字語源辭典》如下：

冒	mu	幽	明	1045-308-247	冒	môg	幽	明	MOG/MOK	687-54-242
墨	mək	職	明	1046-308-247	墨	mək	職	明	MêK/MêG/MêNG	349-30-164

藤堂明保陰聲韻帶輔音韻尾。

孵（孚）	phiu	幽	滂	1021-305-244	孚	p'ïŏg	幽	滂	POG/POK	659-51-235
伏	biuək	職	並	1022-305-244	伏	bïuək	職	並	PêG/PêK/PêNG	306-27-153

藤堂明保陰聲韻帶輔音韻尾。

5.1.4　幽鐸旁對轉

幽──魚──鐸，共計 1 組。按聲轉差異細分如下表：

山母雙聲
1

比較《漢字語源辭典》如下：

搜（挨）	shiu	幽	山	994-295-239	搜	sïog	幽	心	TSOG	563-43-214

| 索（索） | sheak | 鐸 | 山 | 995-295-239 | 索 | sak | 鐸 | 心 | SAG/SAK/SANG | 1275-96-371 |

藤堂明保陰聲韻帶輔音韻尾。

5.1.5　魚屋旁對轉

魚——侯——屋，共計 1 組。按聲轉差異細分如下表：

來母雙聲
1

比較《漢字語源辭典》如下：

瀘	lia	魚	來	437-135-152
漉	lok	屋	來	438-135-152

5.1.6　幽屋旁對轉

幽——侯——屋，共計 2 組。按聲轉差異細分如下表：

端母雙聲	幫滂旁紐
1	1

比較《漢字語源辭典》如下：

彫（雕鋽）	tyu	幽	端	944-278-230	彫	tög	幽	端	TOK/TOG/TONG	418-34-183
琱	tyu	幽	端	945-278-230						
琢	teok	屋	端	946-278-230	琢	tŭk	屋	端	TUG/TUK	910-70-286

藤堂明保陰聲韻帶輔音韻尾。

赴	phiok	屋	滂	1346-411-299						
報	pu	幽	幫	1348-411-299	報	pôg	幽	幫	POG/POK	667-52-237

藤堂明保陰聲韻帶輔音韻尾。

5.1.7　幽沃旁對轉

幽——宵——沃，共計 1 組。按聲轉差異細分如下表：

日母雙聲
1

比較《漢字語源辭典》如下：

柔	njiu	幽	日	973-290-236	柔	niog	幽	泥	NOG/NOK/NONG	488-39-201
弱	njiôk	沃	日	980-290-236	弱	niɔk	藥	泥	NôG/NôK	724-58-250
蒻	njiôk	沃	日	981-290-236						

5.1.8 宵覺旁對轉

宵——幽——覺共計 3 組。按聲轉差異細分如下表：

影母雙聲	匣母雙聲	審母雙聲
1	1	1

比較《漢字語源辭典》如下：

窔	yô	宵	影	725-221-202					
奥	uk	覺	影	729-221-202	奧奧	ôg	幽	影	OG/OK	632-49-230

效（傚）	heô	宵	匣	1351-412-300	效	ĥɔg	宵	匣	KôG/KôK	832-65-270
學	heuk	幽	匣	1353-412-300	學（學）	ĥɔk	藥	匣	KôG/KôK	835-65-270
斆	heuk	幽	匣	1354-412-300						

藤堂明保陰聲韻帶輔音韻尾。曉匣擬音不同。

少	sjiô	宵	審	837-250-217	少	thiɔg	宵	透	TôG	769-61-258
叔	sjiuk	覺	審	839-250-217	叔	thiok	沃	透	TOK/TOG/TONG	445-35-189

藤堂明保陰聲韻帶輔音韻尾。

5.1.9 覺東旁對轉

覺——屋——東共計 2 組。按聲轉差異細分如下表：

端母雙聲	來母雙聲
1	1

比較《漢字語源辭典》如下：

董	tong	東	端	1821-566-380					
督	tuk	覺	端	1822-566-380	督	tok	沃	端	TOK/TOG	486-38-199

隴	liong	東	來	1437-443-314
陸	liuk	覺	來	1438-443-314

5.1.10　之陽旁對轉

之──魚──陽，共計 1 組。按聲轉差異細分如下表：

見母雙聲
1

比較《漢字語源辭典》如下：

改	kə	之	見	3-2-81	改	kəg	之	見	KêG	213-20-128
更	keang	陽	見	4-2-81	更	kăŋ	陽	見	NGAG/NGANG	1366-102-394

藤堂明保陰聲韻帶輔音韻尾。

5.1.11　宵陽旁對轉

宵──魚──陽，共計 2 組。按聲轉差異細分如下表：

喻母雙聲	心母雙聲
1	1

比較《漢字語源辭典》如下：

遙（搖）	jiô	宵	喻	872-260-221	遙（遙）	ḍiŏg	幽	澄	TOK/TOG/TONG	466-36-193
羊(佯佯)	jiang	陽	喻	873-260-221						

舌音差別。

逍（消）	siô	宵	心	867-260-221	消	siɔg	宵	心	SôG/SôK	754-60-256
相(儴儴襄)	siang	陽	心	870-260-221	相	siaŋ	陽	心	SAG/SAK/SANG	1276-96-371

藤堂明保陰聲韻帶輔音韻尾。

5.1.12　支東旁對轉

支──侯──東，共計 1 組。按聲轉差異細分如下表：

並母雙聲
1

比較《漢字語源辭典》如下：

蠯（蜱蠯）	bie	支	並	238-75-118					
蚌（蜯）	beong	東	並	239-75-118	蚌	bǔŋ	東	並	PUG/PUNG	1079-80-323

王力冬侵合併。

5.1.13　魚東旁對轉

魚──侯──東，共計 1 組。按聲轉差異細分如下表：

滂明旁紐
1

比較《漢字語源辭典》如下：

豐	phiong	東	滂	1874-584-388					
蕪	miua	魚	明	1875-584-388	蕪	muïag	魚	明	MAK/MANG	1594-117-447

藤堂明保陰聲韻帶輔音韻尾。

5.1.14　幽東旁對轉

幽──侯──東，共計 2 組。按聲轉差異細分如下表：

明母雙聲	溪曉旁紐
1	1

比較《漢字語源辭典》如下：

冒	mu	幽	明	1025-307-245	冒	môg	幽	明	MOG/MOK	687-54-242
蒙（冡）	mong	東	明	1029-307-245	蒙	moŋ	中	明	MOG/MONG	676-53-239
幪	mong	東	明	1030-307-245						
霿	mong	東	明	1031-307-245	雺霧	mïŏg	幽	明	MOG/MONG	674-53-238

藤堂明保陰聲韻帶輔音韻尾。

| 孔 | khong | 東 | 溪 | 1807-562-377 | 孔 | kʻuŋ | 東 | 溪 | KUG/KUK/KU NG | 1011-74-307 |
| 好 | xu | 幽 | 曉 | 1811-562-377 | 好 | hôg | 幽 | 曉 | HOG/HOK | 618-48-227 |

王力冬侵合併。曉匣擬音不同。

5.2　乙類韻部之間旁對轉

5.2.1　微元旁對轉

微——歌——元，共計 1 組。按聲轉差異細分如下表：

曉母雙聲
1

比較《漢字語源辭典》如下：

| 暵 | xan | 元 | 曉 | 2809-870-547 | 暵 | han | 元 | 曉 | KAR/KAT/KAN | 2148-160-588 |
| 晞 | xiəi | 微 | 曉 | 2812-870-547 | | | | | | |

曉匣擬音不同。

5.2.2　脂物旁對轉

脂——微——物，共計 1 組。按聲轉差異細分如下表：

明母雙聲
1

比較《漢字語源辭典》如下：

| 寐 | muət | 物 | 明 | 2354-728-466 | 寐 | miĕd | 隊 | 明 | MUêR/MUêT/ MUêN | 2775-192-736 |
| 寐 | myei | 脂 | 明 | 2355-728-466 | | | | | | |

藤堂明保乙類隊祭至帶-d尾。

5.2.3　歌物旁對轉

歌——微——物，共計 1 組。按聲轉差異細分如下表：

定母雙聲
1

比較《漢字語源辭典》如下：

墮（陊隋嫷）	duai	歌	定	2181-674-437	陸墮（墮）	duar	歌	定	TUAR/TUAN	1968-145-544
墜（隊隧碌）	diuət	物	定	2183-674-437	墜	dïuər	微	定	TUÊR/TUÊT/TUÊN	2515-179-681

藤堂明保陰聲韻帶輔音韻尾。

5.2.4　微月旁對轉

微──歌──月，共計 1 組。按聲轉差異細分如下表：

匣母雙聲
1

比較《漢字語源辭典》如下：

圍（囗）	hiuəi	微	匣	1942-602-400	圍（囤）	ĥïuər	微	匣	KUÊT/KUÊR/KUÊN	2669-188-718
衛	hiuat	月	匣	1945-602-400	衛	ĥïuad	祭	匣	KUAR/KUAN	2301-166-624

藤堂明保陰聲韻帶輔音韻尾。藤堂明保乙類隊祭至帶-d 尾。曉匣擬音不同。

5.2.5　月眞旁對轉

月──質──眞，共計 1 組。按聲轉差異細分如下表：

喻母雙聲
1

比較《漢字語源辭典》如下：

引（弘）	jien	眞	喻	2742-852-535	引	dïen	眞	澄	TEN/TET	2875-196-756
	jiat	月	喻	2743-852-535						
曳	jiat	月	喻	2744-852-535	曳	dïad	祭	澄	TAR/TAT/TAN	1931-142-533
抴（拽）	jiat	月	喻	2745-852-535	抴拽	diat	月	澄	TAR/TAT/TAN	1934-142-533

藤堂明保乙類隊祭至帶-d 尾。舌音差別。

5.2.6　歌文旁對轉

歌——微——文，共計 1 組。按聲轉差異細分如下表：

明母雙聲
1

比較《漢字語源辭典》如下：

摩（劙）	muai	歌	明	2244-696-447					
捫	muən	文	明	2247-696-447	捫	mïuən	文	明	MUÊN	2804-193-741

5.2.7　月文旁對轉

月——物——文，共計 1 組。按聲轉差異細分如下表：

匣母雙聲
1

比較《漢字語源辭典》如下：

雲	hiuən	文	匣	2302-712-456					
日	hiuat	月	匣	2303-712-456	日	ĥïuăt	月	匣	KUAT/KUAN	2366-171-646

曉匣擬音不同。

5.2.8　歌眞旁對轉

歌——脂——眞，共計 1 組。按聲轉差異細分如下表：

滂母雙聲
1

比較《漢字語源辭典》如下：

頗	phuai	歌	滂	2235-693-445	頗	pʻuar	歌	滂	PAR/PAD/PAN	2443-174-660
偏	phyen	眞	滂	2237-693-445					

藤堂明保陰聲韻帶輔音韻尾。

5.2.9　微元旁對轉

微——歌——元共計 4 組。按聲轉差異細分如下表：

曉母雙聲	匣母雙聲	並母雙聲
2	1	1

比較《漢字語源辭典》如下：

希	xiəi	微	曉	1917-596-396
罕（罕）	xan	元	曉	1919-596-396

嘆	xan	元	曉	2809-870-547	嘆	han	元	曉	KAR/KAT/KAN	2148-160-588
晞	xiəi	微	曉	2812-870-547						

曉匣擬音不同。

徊（徊回）	huəi	微	匣	2002-617-408	回	ĥuər	微	匣	KUêT/KUêR/KUêN	2663-188-717
桓	huan	元	匣	2003-617-408	桓	ĥuan	元	匣	KUAR/KUAN	2266-166-620

藤堂明保陰聲韻帶輔音韻尾。曉匣擬音不同。

徘（俳裴）	buəi	微	並	1999-617-408	俳	bər	微	並	PUêR/PUêT/PUêN	2737-190-728
盤	buan	元	並	2000-617-408	槃盤	buan	元	並	PAN	2417-173-656

藤堂明保陰聲韻帶輔音韻尾。

5.3　甲類和丙類韻部之間旁對轉

5.3.1　覺侵旁對轉

覺——職——侵，共計 1 組。按聲轉差異細分如下表：

端母雙聲
1

比較《漢字語源辭典》如下：

中	tiuəm	侵	端	3190-983-608	中	tïoŋ	中	端	TOK/TOG/TONG	443-35-189
督	tuk	覺	端	3193-983-608	督	tok	沃	端	TOK/TOG	486-38-199
裻	tuk	覺	端	3194-983-608						
擣（擣）	tuk	覺	端	3195-983-608						

第六章　通轉關係同源詞比較

通轉關係包括不同類韻部，元音相同，韻尾發音部位不同和元音不同，而韻尾同屬塞音、鼻音兩大類三小類。

6.1 元音相同，韻尾發音部位不同

此種按元音分爲ə、e、a 三類：第一類，ə元音，11 種：之微通轉、之物通轉、之文通轉、之侵通轉、職物通轉、職文通轉、職緝通轉、職侵通轉、蒸侵通轉、物緝通轉、文侵通轉；第二類，e 元音，6 種：支脂通轉、錫脂通轉、錫質通轉、錫眞通轉、耕質通轉、耕眞通轉；第三類，a 元音，14 種：魚歌通轉、魚月通轉、魚元通轉、鐸歌通轉、鐸月通轉、鐸元通轉、陽歌通轉、陽月通轉、陽元通轉、陽談通轉、歌談通轉、月盍通轉、月談通轉、元談通轉。

6.1.1 ə元音

6.1.1.1 之微通轉

共計 1 組。按聲轉差異細分如下表：

明母雙聲
1

比較《漢字語源辭典》如下：

| 黴 | məi | 微 | 明 | 2005-618-409 | 黴 | mïə̆r | 微 | 明 | MUÊR/MUÊT/MUÊN | 2768-192-736 |
| 霉（霉） | muə | 之 | 明 | 2006-618-409 | | | | | | |

藤堂明保陰聲韻帶輔音韻尾。

6.1.1.2 之物通轉

共計 1 組。按聲轉差異細分如下表：

幫母雙聲
1

比較《漢字語源辭典》如下：

| 不 | piuə | 之 | 幫 | 129-43-102 | 不 | puïəg | 之 | 幫 | PÊK/PÊG/PÊNG | 321-28-158 |
| 弗 | piuət | 物 | 幫 | 131-43-102 | 弗 | pïuət | 物 | 幫 | PUÊR/PUÊT/PUÊN | 2740-190-729 |

藤堂明保陰聲韻帶輔音韻尾。

6.1.1.3 之文通轉

共計 7 組。按聲轉差異細分如下表：

見母雙聲	群母雙聲	疑母雙聲	曉母雙聲	從母雙聲	泥日準雙聲	曉匣旁紐
1	1	1	1	1	1	1

比較《漢字語源辭典》如下：

| 基 | kiə | 之 | 見 | 6-3-82 | 基 | kïəg | 之 | 見 | KÊG | 207-19-127 |
| 根 | kən | 文 | 見 | 7-3-82 | 根 | kən | 文 | 見 | KÊN | 2633-186-707 |

藤堂明保陰聲韻帶輔音韻尾。

| 旗 | giə | 之 | 群 | 22-9-85 | 旗 | gïəg | 之 | 群 | KÊG | 203-19-126 |
| 旂 | giən | 文 | 群 | 23-9-85 | | | | | | |

藤堂明保陰聲韻帶輔音韻尾。

狺（狋）	ngiən	文	疑	2583-801-507
狀	ngiən	文	疑	2584-801-507
狋	ngiə	之	疑	2585-801-507

喜	xiə	之	曉	48-17-88	喜	hïəg	之	曉	HêG	239-22-135
欣（忻）	xiən	文	曉	51-17-88						
訢	xiən	文	曉	52-17-88						

藤堂明保陰聲韻帶輔音韻尾。曉匣擬音不同。

| 在 | dzə | 之 | 從 | 125-41-101 | 在 | dzəg | 之 | 從 | TSEG | 141-14-109 |
| 存 | dzuən | 文 | 從 | 126-41-101 | 存 | dzuən | 文 | 從 | TSUÊN/TSUÊT | 2559-182-692 |

藤堂明保陰聲韻帶輔音韻尾。

| 耐 | nə | 之 | 泥 | 68-24-91 | 耐 | nəg | 之 | 泥 | TêG | 37-3-79 |
| 忍 | njiən | 文 | 日 | 70-24-91 | | | | | | |

藤堂明保陰聲韻帶輔音韻尾。

| 恨 | hən | 文 | 匣 | 2596-804-509 | 恨 | ĥən | 文 | 匣 | KêN | 2635-186-707 |
| 悔 | xuə | 之 | 曉 | 2598-804-509 | 悔 | m̥uəg | 之 | 明 | MêK/MêG/MêNG | 354-30-165 |

藤堂明保陰聲韻帶輔音韻尾。曉匣擬音不同。

6.1.1.4　之侵通轉

共計 2 組。按聲轉差異細分如下表：

喻母雙聲	泥日準雙聲
1	1

比較《漢字語源辭典》如下：

| 融 | jiuəm | 侵 | 喻 | 3221-993-612 | 融 | dioŋ | 中 | 澄 | TOK/TOG/TONG | 444-35-189 |
| 冶 | jiə | 之 | 喻 | 3222-993-612 | | | | | | |

舌音差別。

| 耐 | nə | 之 | 泥 | 68-24-91 | 耐 | nəg | 之 | 泥 | TêG | 37-3-79 |
| 任 | njiəm | 侵 | 日 | 71-24-91 | 任 | niəm | 侵 | 泥 | NêP/NêM | 3059-207-803 |

6.1.1.5　職物通轉

共計 2 組。按聲轉差異細分如下表：

影母雙聲
2

比較《漢字語源辭典》如下：

鬱	iuət	物	影	2251-698-448	鬱	ïuət	物	影	KUêR/KUêT	2647-187-710
彧	iuək	職	影	2252-698-448						
郁	iuək	職	影	2253-698-448						

鬱	iuət	物	影	2266-700-450	鬱	ïuət	物	影	KUêR/KUêT	2647-187-710
郁	iuək	職	影	2269-700-450						

6.1.1.6 職文通轉

共計 2 組。按聲轉差異細分如下表：

匣母雙聲	幫並旁紐
1	1

比較《漢字語源辭典》如下：

限	heən	文	匣	2605-807-511	限	ĥăn	文	匣	KêN	2638-186-707
閾	hiuək	職	匣	2607-807-511	閾	ĥïuək	職	曉	KUêK/KUêG	272-24-144

曉匣擬音不同。

踣	bək	職	並	1150-341-265
僨	piuən	文	幫	1152-341-265

6.1.1.7 職緝通轉

共計 2 組。按聲轉差異細分如下表：

見母雙聲	山母雙聲
1	1

比較《漢字語源辭典》如下：

亟	kiək	職	見	1061-313-250	亟	kïək	職	見	KêK/KêNG	218-21-132
急 (伋)	kiəp	緝	見	1064-313-250	急	kïəp	緝	見	KêP/KêM	3110-211-820

澀 (澀)	shiəp	緝	山	3094-957-594
譅	shiəp	緝	山	3095-957-594
濇	shiək	職	山	3096-957-594

6.1.1.8　職侵通轉

共計 3 組。按聲轉差異細分如下表：

溪母雙聲	群母雙聲	初清鄰紐
1	1	1

比較《漢字語源辭典》如下：

克	khək	職	溪	1071-317-252	克	kʻək	職	溪	KêK/KêNG	217-21-132
堪	khəm	侵	溪	1072-317-252						
兝	khəm	侵	溪	1073-317-252						
戡	khəm	侵	溪	1074-317-252						
龕	khəm	侵	溪	1075-317-252						

極	giək	職	群	1076-318-253	極	gïək	職	群	KêK/KêNG	220-21-132
窮	giuəm	侵	群	1077-318-253	窮	gïoŋ	中	群	KOG	616-47-225

惻	tshiək	職	初	1121-332-261	惻	tsʻïək	職	清	TSêK	195-18-123
憯	tsəm	侵	清	1122-332-261	憯	tsʻəm	侵	清	TSêM/SêP	3085-209-810
慘	tsəm	侵	清	1123-332-261	慘（憯）	tsʻəm	侵	清	TSêM/SêP	3088-209-811

6.1.1.9　蒸侵通轉

共計 5 組。按聲轉差異細分如下表：

來母雙聲	幫母雙聲	並母雙聲	精邪旁紐	清從旁紐
1	1			

比較《漢字語源辭典》如下：

陵	liəng	蒸	來	1435-443-314	陵	lïəŋ	蒸	來	LêK/LêNG	124-12-103
隆	liuəm	侵	來	1436-443-314						

窆	piəm	侵	幫	3267-1005-620	窆	pïam	談	幫	PAP/PAM	3327-223-871
堋（塴）	pəng	蒸	幫	3268-1005-620						

鵬（朋）	bəng	蒸	並	1455-451-318	鵬	bləm	侵	並	PLêM	3157-212-829

| 鳳 | biuəm | 侵 | 並 | 1456-451-318 | 鳳 | blïuəm | 侵 | 並 | PLêM | 3156-212-829 |

| 甑 | tziəŋ | 蒸 | 精 | 1448-448-316 | 甑 | tsiəŋ | 蒸 | 精 | TSêG/TSêNG | 165-15-115 |
| 鬵 | ziəm | 侵 | 邪 | 1449-448-316 | | | | | | |

曾	dzəŋ	蒸	從	1450-449-317	曾	dzəŋ	蒸	從	TSêG/TSêNG	161-15-114
憯（朁）	tsəm	侵	清	1451-449-317	憯	ts'əm	侵	清	TSêM/SêP	3085-209-810
慘	tsəm	侵	清	1452-449-317	慘（憯）	ts'əm	侵	清	TSêM/SêP	3088-209-811

6.1.1.10　物緝通轉

共計 3 組。按聲轉差異細分如下表：

泥母雙聲	從母雙聲	泥日準雙聲
1	1	1

比較《漢字語源辭典》如下：

內	nuət	物	泥	2310-716-458	內	nəb		泥	NêP/NêM	3054-207-802
納	nəp	緝	泥	2311-716-458	納	nəp	緝	泥	NêP/NêM	3055-207-803
軜	nəp	緝	泥	2312-716-458						
妠	dəp	緝	泥	2313-716-458						

| 集（鼇） | dziəp | 緝 | 從 | 3099-958-594 | 集 | dziəp | 緝 | 從 | TSêP/TSêM | 3091-210-813 |
| 萃 | dziuət | 物 | 從 | 3104-958-594 | | | | | | |

| 內 | nuət | 物 | 泥 | 2310-716-458 | 內 | nəb | | 泥 | NêP/NêM | 3054-207-802 |
| 入 | njiəp | 緝 | 日 | 2314-716-458 | 入 | niəp | 緝 | 泥 | NêP/NêM | 3053-207-802 |

6.1.1.11　文侵通轉

共計 4 組。按聲轉差異細分如下表：

影母雙聲	匣母雙聲	端透旁紐	審心鄰紐
1	1	1	1

比較《漢字語源辭典》如下：

陰	iəm	侵	影	3154-972-602	陰	ïəm	侵	影	KêP/KêM	3135-211-823
隱	iən	文	影	3158-972-602	隱（隱）	ïən	文	影	êR/êN	2605-184-701
讔	iən	文	影	3159-972-602						

| 恨 | hən | 文 | 匣 | 2596-804-509 | 恨 | ĥən | 文 | 匣 | KêN | 2635-186-707 |
| 憾（感） | həm | 侵 | 匣 | 2597-804-509 | 憾 | k῾ə̆m | 侵 | 溪 | KêP/KêM | 3151-211-824 |

曉匣擬音不同。

| 珍 | tiən | 文 | 端 | 2612-810-513 | 珍 | tïen | 眞 | 端 | TER/TET/TEN | 2821-194-746 |
| 琛 | thiəm | 侵 | 透 | 2613-810-513 | | | | | | |

深	sjiəm	侵	審	3224-994-613	深	thiəm	侵	透	TêP/TêM	3016-205-792
浚	siuən	文	心	3225-994-613						
濬（睿）	siuən	文	心	3226-994-613						

6.1.2　e 元音

6.1.2.1　支脂通轉

共計 2 組。按聲轉差異細分如下表：

來母雙聲	明母雙聲
1	1

比較《漢字語源辭典》如下：

劙	lie	支	來	82-29-94
劙（鑗黎刕）	liei	脂	來	83-29-94

籹（侎）	miei	脂	明	2135-657-429
弭（㴖）	mie	支	明	2137-657-429

6.1.2.2 錫脂通轉

共計 2 組。按聲轉差異細分如下表：

莊母雙聲	透定旁紐
1	1

比較《漢字語源辭典》如下：

簀	tzhek	錫	莊	1194-355-273	簀	tsĕk	錫	精	TSEK/TSEG/TSENG	1734-127-486
第	tzhiei	脂	莊	1195-355-273						

剃 (髴)	thyei	脂	透	2065-634-418						
髢 (髢)	dyek	錫	定	2069-634-418						

6.1.2.3 錫質通轉

共計 2 組。按聲轉差異細分如下表：

定母雙聲	神禪旁紐
1	1

比較《漢字語源辭典》如下：

遞	dyek	錫	定	1099-324-256	遞	deg	支	定	DEK/DEG/DENG	1635-119-458
叠	dyet	質	定	1100-324-256	叠	det	質	定	TEN/TET	2880-196-757

寔	zjiek	錫	禪	214-66-115						
實	djiet	質	神	215-66-115	實 (実)	diet	質	定	TER/TET/TEN	2835-194-748

6.1.2.4 錫真通轉

共計 2 組。按聲轉差異細分如下表：

影母雙聲	幫並旁紐
1	1

比較《漢字語源辭典》如下：

嗌	iek	錫	影	1166-345-268	嗌	iĕk	錫	影	EK	1808-136-504
䁊	iek	錫	影	1167-345-268						
咽	yen	眞	影	1168-345-268	咽	et	質	影	KET/KER/KEN	3005-204-787

跰（蹁邊）	byen	眞	並	2547-790-500	邊（边）	pän	元	幫	PAT/PAD/PAN	2408-172-653
躄（蹕闢）	piek	錫	幫	2548-790-500	躄	piek	錫	幫	PEK/PENG	1862-139-517

6.1.2.5　耕質通轉

共計 1 組。按聲轉差異細分如下表：

莊山旁紐
1

比較《漢字語源辭典》如下：

箏	tzheng	耕	莊	1549-480-332	箏	tsĕŋ	耕	精	TSENG	1747-128-488
瑟	shet	質	山	1550-480-332						

6.1.2.6　耕真通轉

共計 5 組。按聲轉差異細分如下表：

端母雙聲	定母雙聲	並母雙聲	明母雙聲
1	2	1	1

比較《漢字語源辭典》如下：

頂	tyeng	耕	端	1498-464-325	頂	teŋ	耕	端	TENG	1680-122-470
顛	tyen	眞	端	1499-464-325	顛	ten	眞	端	TER/TET/TEN	2815-194-745
巔	tyen	眞	端	1500-464-325						
槙	tyen	眞	端	1501-464-325						

霆	dyeng	耕	定	1510-467-326						
電	dyen	眞	定	1511-467-326	電	den	眞	定	TEN/TET	2870-196-756

定	dyeng	耕	定	1515-469-327	定	deŋ	耕	定	TENG	1683-122-470
奠	dyen	眞	定	1516-469-327	奠	den	眞	定	TEN	2885-197-758

並 （竝）	byeng	耕	並	1581-490-337	竝	bĭăŋ	陽	並	PANG/PAK	1574-116-443
骿	byen	眞	並	1582-490-337	骿	beŋ	耕	並	PEK/PENG	1880-139-519
胼	byen	眞	並	1583-490-337	胼	beŋ	耕	並	PEK/PENG	1881-139-519

瞑	myeng	耕	明	1596-494-340	瞑	meŋ	耕	明	MEK/MENG	1891-140-523
眠	myen	眞	明	1597-494-340	眠	mən	文	明	MUÊR/MUÊT/ MUÊN	2799-192-739

6.1.3　a 元音

6.1.3.1　魚歌通轉

共計 13 組。按聲轉差異細分如下表：

影母 雙聲	溪母 雙聲	疑母 雙聲	匣母 雙聲	透母 雙聲	來母 雙聲	日母 雙聲	幫母 雙聲	明母 雙聲	山心 準雙聲	穿審 旁紐	溪群 旁紐
1	1	1	1	1	2	1	1	1	1	1	1

比較《漢字語源辭典》如下：

紆	iua	魚	影	260-82-122						
迂	iua	魚	影	261-82-122	迂	ïuag	魚	影	HUAG/HUANG	1472-110-420
委	iuai	歌	影	262-82-122	委	ïuǎr	歌	影	KUAR/KUAN	2245-166-618
逶	iuai	歌	影	263-82-122						

藤堂明保陰聲韻帶輔音韻尾。

跨	khoa	魚	溪	163-55-107	跨	kʼuăg	魚	溪	HUAG/HUANG	1476-110-420
乯	khoai	歌	溪	165-55-107						

藤堂明保陰聲韻帶輔音韻尾。

吾	nga	魚	疑	333-101-135	吾	ŋag	魚	疑	NGAG/NGAK/ NGANG	1496-112-427
我	ngai	歌	疑	334-101-135	我	ŋar	歌	疑	NGAR/NGAN	2154-161-591

藤堂明保陰聲韻帶輔音韻尾。

何	hai	歌	匣	2170-670-435	何	ɦar	歌	匣	KAR/KAT	2113-159-581
胡	ha	魚	匣	2173-670-435	胡	ɦag	魚	匣	KAG	1321-100-384

藤堂明保陰聲韻帶輔音韻尾。

唾（湺）	thuai	歌	透	2176-672-436	唾	tʻuar	歌	透	TUAR/TUAN	1962-145-543
吐	tha	魚	透	2177-672-436	吐	tʻag	魚	透	TAG/TAK	1091-82-327

藤堂明保陰聲韻帶輔音韻尾。

蘆	la	魚	來	426-131-151
蘿	lai	歌	來	427-131-151

驢	lia	魚	來	433-133-152
贏（騾）	luai	歌	來	434-133-152

汝	njia	魚	日	464-143-157						
爾	njiai	歌	日	465-143-157	爾	nier	脂	泥	NER/NET/NEN	2891-198-761

藤堂明保陰聲韻帶輔音韻尾

播	puai	歌	幫	2231-691-445						
布	pa	魚	幫	2232-691-445	布	pag	魚	幫	PAK/PAG	1538-115-436

藤堂明保陰聲韻帶輔音韻尾

無	miua	魚	明	571-178-178	無	muïag	魚	明	MAK/MAG/MANG	1607-118-452
靡	miai	歌	明	576-178-178						

藤堂明保陰聲韻帶輔音韻尾

湑（醑）	sia	魚	心	524-163-170						
釃	shiai	歌	山	525-163-170	釃	sïăr	歌	心	SAR/SAT/SAN	2065-154-568

藤堂明保陰聲韻帶輔音韻尾。

奢	sjya	魚	審	499-155-165	奢	thiăg	魚	透	TAG/TAK	1105-82-329
侈（誃）	thjiai	歌	穿	500-155-165	侈	tʻiăr	歌	透	TAT/TAR/TAN	1902-141-527

藤堂明保陰聲韻帶輔音韻尾。

| 跨 | khoa | 魚 | 溪 | 163-55-107 | 跨 | kʻuăg | 魚 | 溪 | HUAG/HUANG | 1476-110-420 |
| 騎 | giai | 歌 | 群 | 166-55-107 | 騎 | giăr | 歌 | 群 | KAR/KAT/KAN | 2135-160-586 |

藤堂明保陰聲韻帶輔音韻尾。

6.1.3.2 魚月通轉

共計 8 組。按聲轉差異細分如下表：

影母雙聲	見母雙聲	溪母雙聲	喻母雙聲	審母雙聲	泥日準雙聲
2	1	2	1	1	1

比較《漢字語源辭典》如下：

遏	at	月	影	2413-749-477	遏	at	月	影	KAR/KAT	2124-159-582
淤	ia	魚	影	2422-749-477	淤	ïag	魚	影	AG/AK/ANG	1414-106-406
瘀	ia	魚	影	2423-749-477	瘀	ïag	魚	影	AG/AK/ANG	1413-106-406

藤堂明保陰聲韻帶輔音韻尾。

污	a	魚	影	243-77-119					
洿	a	魚	影	244-77-119	洿	uag	魚	影	HUAG/HUANG	1471-110-420
穢（薉濊）	iuat	月	影	247-77-119	穢	iuăd	祭	影	KUAT/KUAN	2379-171-647

藤堂明保陰聲韻帶輔音韻尾。

| 舉 | kia | 魚 | 見 | 305-93-130 | | | | | |
| 揭 | kiat | 月 | 見 | 306-93-130 | 揭 | kʻiad | 祭 | 溪 | KAR/KAT/KAN | 2138-160-586 |

藤堂明保乙類隊祭至帶-d 尾。

| 枯 | kha | 魚 | 溪 | 321-98-133 | 枯 | kʻag | 魚 | 溪 | KAG/KAK/KANG | 1335-101-389 |
| 渴（瀷） | khat | 月 | 溪 | 325-98-133 | 渴 | giat | 月 | 群 | KAR/KAT | 2127-159-583 |

藤堂明保陰聲韻帶輔音韻尾。

| 去 | khia | 魚 | 溪 | 328-99-134 | 去 | kʻiag | 魚 | 溪 | KAG/KAK/KANG | 1390-104-400 |
| 朅 | khiat | 月 | 溪 | 330-99-134 | | | | | |

藤堂明保陰聲韻帶輔音韻尾。

| 豫 | jia | 魚 | 喻 | 483-150-162 | 豫 | diag | 魚 | 澄 | TAG | 1158-85-340 |

| 悅
（説） | jiuat | 月 | 喻 | 484-150-162 | 悅 | ḍiuat | 月 | 澄 | TUAT/TUAD | 1998-147-549 |

藤堂明保陰聲韻帶輔音韻尾。舌音差別。

| 睗 | sjya | 魚 | 審 | 497-154-164 | | | | | | |
| 貰 | sjiat | 月 | 審 | 498-154-164 | 貰 | diǎr | 歌 | 定 | TAR/TAT/TAN | 1935-142-533 |

| 如 | njia | 魚 | 日 | 470-144-159 | 如 | niag | 魚 | 泥 | NAG/NAK/NANG | 1211-91-357 |
| 奈 | nat | 月 | 泥 | 471-144-159 | | | | | | |

6.1.3.3　魚元通轉

共計 13 組。按聲轉差異細分如下表：

影母 雙聲	疑母 雙聲	曉母 雙聲	匣母 雙聲	定母 雙聲	日母 雙聲	精母 雙聲	明母 雙聲	喻邪 鄰紐	禪山 鄰紐
3	1	1	1	1	2	1	1	1	1

比較《漢字語源辭典》如下：

| 彎 | oan | 元 | 影 | 2797-866-545 |
| 扝
（扝） | a | 魚 | 影 | 2799-866-545 |

| 蔫 | ian | 元 | 影 | 2813-870-547 | | | | | | |
| 菸 | ia | 魚 | 影 | 2817-870-547 | 菸 | ïag | 魚 | 影 | AG/AK/ANG | 1412-106-406 |

烏	a	魚	影	248-78-120	烏	ag	魚	影	AG/AK/ANG	1415-106-406
惡	a	魚	影	249-78-120	惡 （惡）	ak	鐸	影	AG/AK/ANG	1408-106-406
安	an	元	影	250-78-120						

| 語 | ngia | 魚 | 疑 | 347-107-138 | 語 | ŋïag | 魚 | 疑 | NGAG/NGAK/NGANG | 1497-112-427 |
| 言 | ngian | 元 | 疑 | 348-107-138 | 言 | ŋïăn | 元 | 疑 | NGAR/NGAN | 2176-161-594 |

藤堂明保陰聲韻帶輔音韻尾。

譁	xoa	魚	曉	376-115-143	譁	huǎg	魚	曉	HUAG/HUANG	1468-110-419
諠	xuan	元	曉	377-115-143	諠	huan	元	曉	KUAT/KUAN	2370-171-646

藤堂明保陰聲韻帶輔音韻尾。曉匣擬音不同。

於	hiua	魚	匣	257-81-122	於	ɦïuag	魚	匣	HUAG/HUANG	1465-110-419
爰	hiuan	元	匣	259-81-122	爰	ɦïuǎn	元	匣	KUAR/KUAN/KUAT	2315-167-630

藤堂明保陰聲韻帶輔音韻尾。曉匣擬音不同。

徒	da	魚	定	403-124-148	徒	dag	魚	定	TAG/TAK	1094-82-327
但	dan	元	定	404-124-148	但	dan	元	定	TAN	1937-143-535

藤堂明保陰聲韻帶輔音韻尾。

軟 （輭）	njiuan	元	日	2951-915-571	軟	niuan	元	泥	NUAN	2038-152-560
茹	njia	魚	日	2959-915-571	茹	niag	魚	泥	NAG/NAK/NANG	1212-91-357

如	njia	魚	日	455-140-156	如	niag	魚	泥	NAG/NAK/NANG	1211-91-357
然	njian	元	日	458-140-156	然	nian	元	泥	NAN/NAT	2031-151-558

菹 （苴）	tzia	魚	精	1292-388-289	苴	dzǎg	魚	從	TSAG/TSAK	1254-95-367
薦 （薦）	tzian	元	精	1293-388-289	薦	ʦian	元	精	TSAN	2080-155-572

藤堂明保陰聲韻帶輔音韻尾。

蕪	miua	魚	明	1875-584-388	蕪	mïuag	魚	明	MAK/MANG	1594-117-447
蔓	miuan	元	明	1876-584-388	蔓	muan	元	明	MAN	2463-176-666

藤堂明保陰聲韻帶輔音韻尾。

餘	jia	魚	喻	486-151-163	餘 （余）	ḍiag	魚	澄	TAG	1154-85-339
羨	zian	元	邪	487-151-163						

藤堂明保陰聲韻帶輔音韻尾。舌音差別。

薯（署）	zjia	魚	禪	489-152-163
山	shean	元	山	490-152-163

6.1.3.4　鐸歌通轉

共計 4 組。按聲轉差異細分如下表：

見母雙聲	來母雙聲	並母雙聲
1	2	1

比較《漢字語源辭典》如下：

格	keak	鐸	見	1224-365-279	格	kăk	鐸	見	KAG/KAK/KANG	1344-101-390
架（枷）	keai	歌	見	1225-365-279	枷	kiar	歌	見	KAR/KAT/KAN	2132-160-586

藤堂明保陰聲韻帶輔音韻尾。

露	lak	鐸	來	1246-373-283	露	lag	魚	來	LAG/LANG	1235-93-362
裸（臝倮）	luai	歌	來	1247-373-283						

藤堂明保陰聲韻帶輔音韻尾。

筶（落）	lak	鐸	來	1250-375-283	落	lak	鐸	來	LAG/LANG	1236-93-362
籮	lai	歌	來	1251-375-283						

白	beak	鐸	並	1305-394-292	白	băk	鐸	並	PAK	1524-113-431
皤（番）	buai	歌	並	1306-394-292	番	puar	歌	幫	PAN	2420-173-656

藤堂明保陰聲韻帶輔音韻尾。

6.1.3.5　鐸月通轉

共計 1 組。按聲轉差異細分如下表：

並母雙聲
1

比較《漢字語源辭典》如下：

帛	beak	鐸	並	1303-393-292	帛	băk	鐸	並	PAK	1527-113-432
幣	biat	月	並	1304-393-292	幣	piad	祭	幫	PAR/PAD/PAN	2451-174-661

藤堂明保乙類隊祭至帶-d 尾。

6.1.3.6　鐸元通轉

共計 6 組。按聲轉差異細分如下表：

疑母雙聲	明母雙聲	見溪旁紐
2	2	2

比較《漢字語源辭典》如下：

岸	ngan	元	疑	2869-886-556	岸	ŋan	元	疑	NGAR/NGAN	2169-161-593
堮（鄂鍔崿）	ngak	鐸	疑	2875-886-556						

額（額）	ngeak	鐸	疑	1231-368-280	額額	ŋăk	鐸	疑	KAG/KAK/KANG	1350-101-391
顏	ngean	元	疑	1232-368-280	顏	ŋăn	元	疑	NGAR/NGAN	2172-161-593

暮（莫）	mak	鐸	明	1307-395-293	暮	mag	魚	明	MAK/MANG	1591-117-447
晚	miuan	元	明	1308-395-293	晚	mïuǎn	文	明	MUÊR/MUÊT/MUÊN	2800-192-739

藤堂明保陰聲韻帶輔音韻尾。

幕	mak	鐸	明	1309-396-293	幕	mak	鐸	明	MAK/MANG	1588-117-446
膜	mak	鐸	明	1310-396-293	膜	mak	鐸	明	MAK/MANG	1587-117-446
幔	muan	元	明	1311-396-293	幔	muan	元	明	MAN	2464-176-666

閒（間）	kean	元	見	2820-872-549	閒（間）	kăn	元	見	KAT/KAD/KAN	2208-164-605
隙（郤）	khyak	鐸	溪	2821-872-549	隙	kʽïăk	鐸	溪	KAG/KAK/KANG	1393-104-400

隙（郤）	khyak	鐸	溪	1226-366-279	隙	kʽïăk	鐸	溪	KAG/KAK/KANG	1393-104-400

| 岋 | khyak | 鐸 | 溪 | 1227-366-279 | 岋 | kʻïăk | 鐸 | 溪 | KAG/KAK/KANG | 1392-104-400 |
| 開
(間) | kean | 元 | 見 | 1228-366-279 | 開
(間) | kăn | 元 | 見 | KAT/KAD/KAN | 2208-164-605 |

6.1.3.7 陽歌通轉

共計 1 組。按聲轉差異細分如下表：

來母雙聲
1

比較《漢字語源辭典》如下：

兩	liang	陽	來	1706-525-359	兩 (両)	lïaŋ	陽	來	LANG/LAK	1239-94-363
麗	lyai	歌	來	1711-525-359	麗	lieg	支	來	LENG/LEK/LEG	1705-124-477
儷	lyai	歌	來	1712-525-359	儷	leg	支	來	LENG/LEK	1719-125-480

6.1.3.8 陽月通轉

共計 3 組。按聲轉差異細分如下表：

見母雙聲	明母雙聲	影曉鄰紐
1	1	1

比較《漢字語源辭典》如下：

| 疆
(畺) | kiang | 陽 | 見 | 1617-496-343 | 畺
彊 | kïaŋ | 陽 | 見 | KANG | 1372-103-396 |
| 界 | keat | 月 | 見 | 1619-496-343 | 界 | kăd | 祭 | 見 | KAT/KAD/KAN | 2207-164-605 |

藤堂明保乙類隊祭至帶-d 尾。

| 亡 | miuang | 陽 | 明 | 1781-553-373 | 亡 | mïaŋ | 陽 | 明 | MAK/MANG | 1597-117-447 |
| 滅 | miat | 月 | 明 | 1782-553-373 | 滅 | mïat | 月 | 明 | MAT/MAN | 2483-177-670 |

| 荒 | xuang | 陽 | 曉 | 1651-506-350 | 荒 | m̥aŋ | 陽 | 明 | MAK/MANG | 1605-117-448 |
| 薉
(穢) | iuat | 月 | 影 | 1653-506-350 | 穢 | ïuăd | 祭 | 影 | KUAT/KUAN | 2379-171-647 |

藤堂明保乙類隊祭至帶-d 尾。

6.1.3.9　陽元通轉

共計 9 組。按聲轉差異細分如下表：

群母雙聲	曉母雙聲	匣母雙聲	精母雙聲	從母雙聲	並母雙聲	明母雙聲	見溪旁紐	溪匣旁紐
1	1	1	1	1	1	1	1	1

比較《漢字語源辭典》如下：

強（彊）	giang	陽	群	1599-495-341	強	gïaŋ	陽	群	KANG	1375-103-396
健	gian	元	群	1603-495-341	健	kïăn	元	見	KAR/KAT/KAN	2153-160-588

享（亯）	xiang	陽	曉	1646-504-349	享	dhiuən	文	定	TUÊR/TUÊT/TUÊN	2518-179-681
饗	xiang	陽	曉	1647-504-349	饗	hïaŋ	陽	曉	HANG	1405-105-403
獻	xian	元	曉	1648-504-349						

桓	huan	元	匣	2003-617-408	桓	ɦuan	元	匣	KUAR/KUAN	2266-166-620
偟（徨皇）	huang	陽	匣	2004-617-408	徨	ɦuaŋ	陽	匣	HUANG	1454-109-416

曉匣擬音不同。

薦（荐）	tzian	元	精	1293-388-289	薦	tsian	元	精	TSAN	2080-155-572
篝（蔣）	tziang	陽	精	1294-388-289						

牂	dziang	陽	從	1757-543-368	牂	dziaŋ	陽	從	TSAK/TSAG/TSANG	1295-97-375
殘	dzan	元	從	1758-543-368	殘（残）	dzan	元	從	SAR/SAT/SAN	2069-154-568

盤	buan	元	並	2000-617-408	槃盤	buan	元	並	PAN	2417-173-656
傍（徬方仿旁房）	bang	陽	並	2001-617-408	傍	baŋ	陽	並	PANG/PAK	1565-116-442

忘	miuang	陽	明	1779-552-373	忘	mïaŋ	陽	明	MAK/MANG	1602-117-448
懣	muan	元	明	1780-552-373						

廣	kuang	陽	見	1634-500-347	廣（広）	kuaŋ	陽	見	KUAK/KUANG	1433-107-410
寬	khuan	元	溪	1638-500-347						

抗	khang	陽	溪	1640-501-348	抗	k'aŋ	陽	溪	KAG/KAK/KANG	1357-101-391
扞（捍）	han	元	匣	1641-501-348	扞捍	ɦan	元	匣	KAT/KAN	2196-163-601

曉匣擬音不同。

6.1.3.10　陽談通轉

共計 2 組。按聲轉差異細分如下表：

見母雙聲	溪母雙聲
1	1

比較《漢字語源辭典》如下：

鏡	kyang	陽	見	1625-498-344	鏡	kïǎŋ	陽	見	KANG	1381-103-397
鑑（鑒監）	keam	談	見	1626-498-344	鑑	klăm	談	見	LAP/LAM/KLAM	3226-216-846

坑（阬）	kheang	陽	溪	1236-369-280	阬坑	k'ǎŋ	陽	溪	KAG/KAK/KANG	1395-104-401
坎（埳）	kham	談	溪	1237-369-280	坎	k'ạm	談	溪	KAP/KAM	3313-221-866

6.1.3.11　歌談通轉

共計 1 組。按聲轉差異細分如下表：

溪母雙聲
1

比較《漢字語源辭典》如下：

科	khuai	歌	溪	2157-665-433					
坎	kham	談	溪	2159-665-433	坎	kʻam	談	溪 KAP/KAM	3313-221-866

6.1.3.12 月盍通轉

共計 4 組。按聲轉差異細分如下表:

影母雙聲	見母雙聲	匣母雙聲	定莊鄰紐
1	1	1	1

比較《漢字語源辭典》如下:

遏	at	月	影	2413-749-477	遏	at	月	影 KAR/KAT	2124-159-582
壓	eap	盍	影	2419-749-477					
厭	iap	盍	影	2420-749-477	厭	iam	談	影 KAP/KAM	3284-219-859
擪(擫)	iap	盍	影	2421-749-477					

介	keat	月	見	2443-754-482	介	kǎd	祭	見 KAT/KAD/KAN	2206-164-605
甲	keap	盍	見	2444-754-482	甲	kǎp	葉	見 KAP/KAM	3258-219-857

藤堂明保乙類隊祭至帶-d 尾。

曷(害)	hat	月	匣	2171-670-435	曷	ɦat	月	匣 KAR/KAT	2125-159-583
盍	hap	盍	匣	2172-670-435	盍	ɦap	葉	匣 KAP/KAM	3265-219-857

曉匣擬音不同。

札	tzheat	月	莊	2514-780-495					
牒	dyap	盍	定	2515-780-495	牒	däp	葉	定 TAP/TAM	3162-213-833

6.1.3.13 月談通轉

共計 1 組。按聲轉差異細分如下表:

莊山旁紐
1

比較《漢字語源辭典》如下:

斬	tzheam	談	莊	3319-1024-629	斬	tṣăm	談	莊 TSAP/TSAM	3252-218-852
殺	sheat	月	山	3322-1024-629	殺	săd	祭	心 SAR/SAT/SAN	2057-154-567

藤堂明保擬有舌尖後塞擦音和擦音莊初崇生一組。

6.1.3.14　元談通轉

共計 2 組。按聲轉差異細分如下表：

溪母雙聲	疑母雙聲
1	1

比較《漢字語源辭典》如下：

看	khan	元	溪	2830-875-550	看	k'an	元	溪	KAT/KAD/KAN	2219-164-606
瞰（闞矙）	kham	談	溪	2831-875-550						

岸	ngan	元	疑	2869-886-556	岸	ŋan	元	疑	NGAR/NGAN	2169-161-593
巖	ngeam	談	疑	2872-886-556						

6.2　元音不同，韻尾同屬塞音（k-t-p）

6.2.1　職月通轉

共計 1 組。按聲轉差異細分如下表：

溪母雙聲
1

比較《漢字語源辭典》如下：

韧（靭）	kheat	月	溪	2451-756-483					
刻（克剋）	khək	職	溪	2453-756-483	刻	k'ək	職	溪	KêG	214-20-128

6.2.2　錫緝通轉

共計 1 組。按聲轉差異細分如下表：

精母旁紐
1

比較《漢字語源辭典》如下：

績	tzyek	錫	精	1200-358-274	績	tsek	錫	精	TSEK/TSEG/TSENG	1738-127-486
緝	tsiəp	緝	清	1201-358-274	緝	tsʻiəp	緝	清	TSêP/TSêM	3094-210-813

6.2.3 質緝通轉

共計 2 組。按聲轉差異細分如下表：

影母雙聲	照母雙聲
1	1

比較《漢字語源辭典》如下：

揖	iəp	緝	影	3052-947-588
壹	iet	質	影	3054-947-588

執	tjiəp	緝	照	3075-951-591	執	tiəp	緝	端	TêP/TêM	3047-206-799
贄（摯質）	tjiet	質	照	3076-951-591	摯	tiəb		端	TêP/TêM	3048-206-799

6.2.4 質盍通轉

共計 1 組。按聲轉差異細分如下表：

從母雙聲
1

比較《漢字語源辭典》如下：

疾	dʑiet	質	從	2399-744-474	疾	dʑiet	質	從	TSET/TSER/TSEN	2986-203-783
捷	dʑiap	盍	從	2403-744-474	捷	dʑiăp	緝	從	TSêP/TSêM	3098-210-813

6.3 韻尾同屬鼻音

6.3.1 蒸談通轉

共計 1 組。按聲轉差異細分如下表：

來母雙聲
1

比較《漢字語源辭典》如下：

棱（稜楞）	ləng	蒸	來	1432-442-314					
廉	liam	談	來	1433-442-314	廉	glïam	談	群	KLAM	3230-217-847

6.3.2　陽眞通轉

共計 2 組。按聲轉差異細分如下表：

見母雙聲	明母雙聲
1	1

比較《漢字語源辭典》如下：

剛	kang	陽	見	1598-495-341	剛	kaŋ	陽	見	KAG/KAK/KANG	1361-101-391
堅	kyen	眞	見	1608-495-341	堅	ken	眞	見	KET/KER/KEN	3010-204-788
鑒	kyen	眞	見	1609-495-341						

㟃	meang	陽	明	1772-550-372	㟃	măŋ	陽	明	MAK/MANG	1600-117-447
民	mien	眞	明	1774-550-372	民	mien	眞	明	MEK/MENG	1897-140-524

6.3.3　陽侵通轉

共計 1 組。按聲轉差異細分如下表：

群母雙聲
1

比較《漢字語源辭典》如下：

黥	gyang	陽	群	1642-502-348
黔	gyəm	侵	群	1643-502-348

6.3.4　東元通轉

共計 1 組。按聲轉差異細分如下表：

溪母雙聲
1

比較《漢字語源辭典》如下：

空	khong	東	溪	1806-562-377	空	k'uŋ	東	溪	KUG/KUK/KUNG	995-74-306
窾 （款）	khuan	元	溪	1812-562-377						

王力冬侵合併。

6.3.5　東侵通轉

共計 6 組。按聲轉差異細分如下表：

匣母雙聲	喻母雙聲	床從準雙聲	見匣旁紐	透定旁紐	床心鄰紐
1	1	1	1	1	1

比較《漢字語源辭典》如下：

洪 （鴻）	hong	東	匣	1819-565-379	洪	ĥuŋ	東	匣	HOG/HONG	638-50-231
浲 （降）	hoəm	侵	匣	1820-565-379	浲	ĥoŋ	中	匣	HOG/HONG	637-50-231

王力冬侵合併。曉匣擬音不同。

融	jiuəm	侵	喻	3221-993-612	融	ḍioŋ	中	澄	TOK/TOG/TONG	444-35-189
鎔	jiong	東	喻	3223-993-612						

舌音差別。

叢（藂 藜）	ḍzong	東	從	696-211-197	叢	ḍzuŋ	東	從	TSUG/TSUK/TSUNG	972-73-300
崇	ḍzhiuəm	侵	床	698-211-197						

王力冬侵合併。

絳	koəm	侵	見	3160-973-604						
紅	hong	東	匣	3161-973-604	紅	ĥuŋ	東	匣	HUG/HUNG	1058-78-316

王力冬侵合併。曉匣擬音不同。

痛	thong	東	透	1823-567-380
疼	duəm	侵	定	1826-567-380

嵩（崧）	siong	東	心	1863-580-386
崇	ʥhiuəm	侵	床	1864-580-386

6.3.6　眞侵通轉

共計 1 組。按聲轉差異細分如下表：

泥日準雙聲
1

比較《漢字語源辭典》如下：

年（秊）	nyen	眞	泥	2728-846-533
稔	njiəm	侵	日	2729-846-533

6.3.7　眞談通轉

共計 1 組。按聲轉差異細分如下表：

透母雙聲
1

比較《漢字語源辭典》如下：

悿	thyen	眞	透	2713-842-529
靦	thyen	眞	透	2714-842-529
忝	thyam	談	透	2715-842-529